「私が貴方様を勝利に導きます」
「アネッ……ト……」
最強の剣聖、美少女メイドに転生し箒で無双する
2
三日月猫
|イラスト| azuタロウ

ロザレナ・ウェス・
レティキュラータス
没落貴族の一人娘で、
剣聖を目指している。
アネット・
イークウェス
なぜか美少女(♀)に
転生してしまった
元最強の剣聖。
ジェシカ・
ロックベルト
アネットたちと同寮。
明るく元気な
ムードメーカー。
グレイレウス・ローゼン・
アレクサンドロス
アネットたちと同寮。
剣神を目指している青年。

CHARACTERS
オリヴィア・アイスクラウン
アネットたちと同寮。監督生。怒ると怖い。
マイス・フレグガルト
アネットたちと同寮。アネットに一目惚れした残念なイケメン。
ルナティエ・アルトリウス・フランシア
四大騎士公フランシア家のご令嬢。級長であるロザレナを敵視している。

「な、何でアネットがあたしと
同じベッドで寝ているのよ!!
へ、変態!!　変態メイド!!」
自分から俺をベッドの中に
引きずり込んでおいて
逆ギレされるとは……
理不尽なことこの上ない。
元・剣聖のオッサン、
美少女メイドに転生し、
貴族令嬢の寝起き
半裸を見てしまう!?

最強の剣聖、美少女メイドに転生し箒で無双する 2

三日月猫

OVERLAP

CONTENTS

プロローグ ―― 003

第1章 一学期・学園編 満月亭の寮生たち ―― 015

第2章 一学期・学園編 誓いの夜 ―― 060

第3章 一学期・学園編 入学式と不穏な影 ―― 091

第4章 一学期・学園編 青紫色の狼は、月に吠える ―― 124

第5章 一学期・学園編 オッサンメイド、二人目の弟子ができる ―― 160

第6章 一学期・学園編 月を穿つ牙、全てを滅する筈 ―― 221

エピローグ 二人が歩む未来へ ―― 297

幕間 仇敵の血を引く娘 ―― 303

［イラスト／azuタロウ］

プロローグ

Prologue

「アネットー？　荷物の準備はできたのー？」

「も、もうちょっとお待ちくださいーっ！　お嬢様ーっ！」

俺はそう、部屋の外から聞こえてきたロザレナお嬢様の声に言葉を返す。

そして、車輪の付いた旅行鞄《かばん》の中身を、うーんと唸《う》なりながら見下ろした。

「くそっ、これ以上はもう入らないか……後は取捨選択するっきゃねぇな。やはり、調理器具全般は持っていった方が良さそうか？　いや、これから聖騎士養成学校で寮暮らしになるのだし、調理器具くらい向こうにはあるか」

俺は現在、騎士学校に行く準備をしていた。

これから四年間、お嬢様の傍仕《そばづか》えとして、俺は学園に入学することになる。

お嬢様のお世話を完璧にこなすためにも、道具の選定をミスするわけにはいかないだろう。

俺は鞄の中からフライ返しとレードルを取り出すと、それを両手に握りしめた。

「んー、でも、やっぱ使い慣れた得物がないとなぁ。お嬢様にはいつでも完璧な出来の料理を食べてもらいたいし……って、あっ！　掃除用具も必須か!?　くそっ、俺の長年の相棒、箒《ほうき》の『箒丸《ほうきまる》』は、鞄に入れるにはでかすぎるぜ!! いったいどうしたものか……」

「アネット……何、そのパンパンに膨れ上がった巨大な旅行鞄は……」

「!? お嬢様!?」

声が聞こえてきた背後を振り返ると、いつの間に部屋に入ってきていたのか。

そこには、若干引いた顔をして立っているロザレナの姿があった。

彼女は俺の旅行鞄に視線を向けると、しゃがみ込み、その中身をポイポイと順に外へと放り投げていく。

「鍋、ボウル、トング、フライパン、果物ナイフ、ピーラー、軽量カップ、ホイッパー……調味料一式ですって!? 何これ、あたしたち調理学校に行くんじゃないのよ!? こんなもの騎士学校になんかいらないでしょ!!」

「あ、あぁぁ～……私の戦友たちが～～～っっ!!」

お嬢様の手によって、今までメイド業を支えてくれた大事な仕事道具たちが、鞄の外へ山になって積まれていく。

そして、すっきりした鞄の中には、衣服類と洗顔料などの生活用具、手帳、小銭入れ、筆記用具などが残された。

俺はその光景に膝を突き、絶望した表情で薄くなった旅行鞄を見つめる。

「お、お嬢様……寮でのお食事はいったいどうなされるおつもりで……? 彼ら歴戦の神具たちがなければ、私は、料理を作ることができません……」

「華族学校なんだから、食堂くらいあるでしょ。別にアネットが四六時中、あたしの食事の面倒を見る必要は無いわ」

「で、ですが、レティキュラータス家の財状を鑑みるに、今は、あまり浪費はしない方がよろしいのではないのでしょうか？　やはり、自炊した方が金銭的な負担も減るとは思うのですが……」

「む。確かに、言われてみればそうかもしれないわね。じゃあ……三つか四つまでにしなさい。流石《さすが》に全部は持っていけないわ。これ全部が入った鞄なんて、流石の貴方《あなた》でも多くの人々が行き交う王都の中で引いて歩くのは困難でしょ？」

「……分かりました」

　俺は荷物を整理し直し、ナイフや鍋などの使用頻度の多そうな調理器具だけを選別し、鞄に入れることにした。

　そして、どうしても手放すことができなかった俺の相棒、箒の『箒丸』も、旅行鞄の横に紐《ひも》で括《くく》りつけ、持っていくことに決める。

　ごく自然な動作で箒を持って行こうとする俺の姿にロザレナはギョッとした表情を見せたが、最早《もはや》何も言う気になれなかったのか……呆《あき》れた顔でただ俺のことを見つめているだけだった。

「……よし、準備完了です」

　旅行鞄のボタンを閉め、立ち上がると、背後にいるお嬢様へと身体《からだ》を向ける。

彼女は床に置いていた自分の鞄……修道院に行った時にも使っていた愛用のショルダーバッグを肩に掛けると、ドアノブへと手を伸ばした。

「それじゃあ、行きましょうか、アネット」

「はいっ！」

彼女と共に部屋の外へと出る。

――その間際。

俺は振り返り、生まれてきてからこの方、今まで長い時を共に過ごしてきた自身の部屋へと静かに視線を向けた。

使い古されたベッド、建付けが悪く勢いよく開けなきゃ開かないクローゼット、中庭を一望できる小窓、書きものをする時に使っていた丸いテーブル、そして……ベッドの横に置いてある巨大な姿見。

思い返せば最初の内は、ベッドから起き上がる度に、あの姿見に映る女になった自分に対して毎回辟易《へきえき》していたっけな。

本当、メイドの一族に生まれ変わるとか訳が分からなすぎて、この十五年間、ずっと混乱しっぱなしだった。

だけど、今では……アネット・イークウェスに転生できて良かったと、この家に生まれることができて良かったと、そう思っている自分がいる。

旦那様と奥様、先代当主夫妻方、ルイスに、マグレットお婆様《ばあさま》――そして、ロザレナお嬢様に出逢《であ》えて良かったと、今の俺なら心から言うことができる。

彼らのおかげで、今まで俺は、本当に幸せな毎日を送ることができていたと言えるだろう。

まぁ、メイドの生活に慣れてしまうとか、よくよく考えると可笑《おか》しなことなのだけれどな。

本当に、年月って奴《やつ》は恐ろしいもんだぜ。

「世話になったな」

そう一言だけ口にして、俺は長年過ごしてきたその小さな部屋を後にする。

そして誰もいなくなった部屋には、ガチャリと、静かにドアが閉まる音だけが響いていった。

◇　◇　◇　◇　◇

「久々に帰ってきたのに、こんなに早く旅立っちゃうなんてね……。分かってはいたけれど、お母さん、寂しいわ」

ナレッサ夫人はそう言うと、瞳の端に涙を浮かべ、ロザレナを強く抱きしめた。

そんな夫人に対してロザレナは微笑《ほほえ》みを浮かべると、母親の肩にそっと触れる。

「お母様、そんなに悲しまないでください。修道院の時とは違って、今回は頻繁に帰ってきますから。休暇に入ったら必ずアネットと共に戻ってきます」

「ぐすっ、約束よ？　ちゃんと元気なところを逐一私たちに見せにきなさい。それと、風邪をひかないように、健康には気を付けるのよ？　何処《どこ》に行っても貴方は私の大事な娘なのだからね」

「はい。お母様」

そう言って抱き合う二人の姿を、他の面々――旦那様、先代当主夫妻方、マグレットは温かい目で見つめていた。

ルイス少年はというと、エルジオ伯爵の足に隠れ、相変わらず姉のロザレナに対しては鋭い目を向けていた。

どうやら、まだ、彼の中にある姉への警戒心は解けていないようだ。

そういうところは本当に人見知りだった頃の昔のロザレナにそっくりで……何と言うか、見ているとと微笑ましくなってくるものがある。

「くかーっ、くかーっ……ｚｚｚ……」

ところでコルルシュカはというと……感動の別れの場面だというのに、何故《なぜ》か鼻提灯《はなぢょうちん》を浮かべて立ったまま寝ていやがった。

こいつ、本当にいったい何なんだ？

何でこんな感動的場面で熟睡してられるの？　バカなの？

マジで摑《つか》み所《どころ》がないキャラしていやがるな、この女……。

今のところコルルシュカのことで分かった情報といえば、このアホツインテ女がMだということくらいだ。

おい、何だよそのこの世で一番いらねぇ情報は……変人すぎるだろこのアホメイド……。

最早、この女が何なのか、俺には分からなくなってきた。

「こら！　コルルシュカ！　ロザレナお嬢様がご出立なされる時に居眠りするとは、何事ですか!!」

「うぐぅぁっ!?　い、いたぁ～いっ!!　うぅっ、ごめんなさぁい、メイド長ぉ～～」

マグレットによって拳骨《げんこつ》され、頭を押さえて涙目になるコルルシュカ。

うーん、いや、あれはやっぱりただのバカかな。

急に、あんなアホに警戒していた自分がただの間抜けに思えてきたぞ。

暗殺者だとか、無駄に警戒していた俺の時間を返して欲しい……。

「……アネット、どっか、行っちゃうの？」

そう、コルルシュカに呆れた目を向けていると、突如スカートの裾が引っ張られる。

声が聞こえた下方へと視線を向けると、そこには、不安そうにこちらを見上げているルイスの姿があった。

俺はしゃがみ込むと、そんな彼の目線に合わせて、優しく微笑を浮かべる。

「はい。お姉様と一緒に王都の学校に入学して参ります。しばしのお別れですね、ルイス様」

「……やだ。アネット、行っちゃやだ！」

そう言って、俺の手を強く握り、涙目になり始めるルイス少年。

その愛らしい姿に、思わず母性に目覚めそうになってしまう俺。

待て待て……落ち着け、お前はオッサンなんだぞ、アネット・イークウェスよ。

オッサンが少年に母性を感じることなど、あるわけが、あるわけが……。

「アネットぉ……」

うーん、マジで可愛《かわい》いな、この子。

ロザレナに似ているから、大きくなったらさぞ顔立ちの整ったイケメンになるんだろうなぁ。

アネットママ、この子が将来悪い女に引っかからないかとても心配だわ！

「……って、おいおいおい………」

今の俺はこんな形《なり》をしているが、その中身は女でも何でもない、紛《まが》い物《もの》のキメラだろうが。

幼い少年に対して母性に目覚める、筋骨隆々髭《ひげ》モジャオッサンのかつての自分の姿を想像してしまった俺は……気持ち悪すぎて思わずげんなりしてしまった。

そんな俺の胸中を他所《よそ》に、ロザレナは目の前にやってくると、腰に手を当て、高らかに笑い声を上げ始める。

「あはははははっ、残念だったわね、ルイス！　アネットはあたしのものよ！　これから卒業するまでの四年間、アネットとあたしはずぅぅぅっと一緒にいるんだからっ!!　これからの濃厚な大人の時間に、貴方の入り込める余地なんてもう無いのよ。本当、可哀想にねぇ！　フフッ!!」

「いや、あの、お嬢様？　四歳の弟に張り合って、煽《あお》ってどうするんですか？　というか濃厚な大人の時間っていったい何なんですか……？」

「う、うるさいわねぇ!!　今のあたしにとって、この子は脅威になる可能性を秘めた敵なんだから!!　大きくなる前に、少しでも牽制《けんせい》しておかないと――――」

「お、お姉ちゃんには絶対にアネットは渡さないもん!!　アネットと結婚するのは、僕なんだっ!!」

「なっ――――!?」

俺の手を強く握りしめると、眼《め》を真っ赤にさせて、ルイスはロザレナにそう叫ぶ。

そしてその後、ルイスは俺の頬に可愛らしくキスをすると、そのままナレッサ夫人の下へと逃げて行った。

「な、なななななな、何してんのよ、あんたぁ――――っっっっ!!」

「べーっ、だ!!」

三日前の歓迎会、お風呂騒動の時と同様、どうやらロザレナとルイスは別れ際まで仲良くはなれないようだ。

……その原因が俺というのが、本当、何て言ったら良いのか分からない状況なんだけどな……。

二人とも、こんなオッサンを取り合うのはやめて！

もっとマシな人を探した方が良いと思いますわよ！

「さて。もうそろそろ出立した方が良いんじゃないかな？　ロザレナ」

腕時計を確認してそう呟《つぶや》くエルジオ伯爵に、ロザレナはハッとした表情を浮かべる。

「そ、そうね。こ、このままでは遅れてしまうわ。行きましょう、アネット!!」

「はい」

既に屋敷の前に手配してあった馬車に、ロザレナは颯爽《さっそう》と乗り込んでいく。

彼女に続いて、俺も旅行鞄《かばん》を抱えながら乗り込もうと、乗車口に足を掛けた……その時。


「アネット」


背後から聞こえて来たその声に、振り返る。

するとそこには、眼を細め微笑を浮かべた、マグレットの姿があった。

「お婆様？　何ですか？」

「フフッ。いや、何でもないよ。ロザレナお嬢様の傍仕《そばづか》えとして、立派に務めを果たしておいで」

「はい。行って参ります」

「身体《からだ》には……気を付けるんだよ」

「はい。お婆様も」

そう言い残して、俺は馬車へと乗り込む。

馬車の乗車台の中に入った瞬間、背後からマグレットの啜《すす》り泣く声が聞こえてきたが……俺は振り返らずに、席へと座った。

そして馬車は出発し、舗装された道をゴトゴトと音を立てながら進んで行く。

これからレティキュラータス家のみんなとはしばらく会えないのだと思うと、自然と胸中に寂寥《せきりょうかん》感が募ってくる。

すると、そんな俺の気持ちを察したのか……隣に座っていたロザレナが、ギュッと俺の手を握ってきた。

「大丈夫よ。アネットは一人になったわけじゃないもの。側《そば》にはいつでもあたしがついているわ」

「もしかして、私を励まそうとしてくれているのですか？」

「そうよ。先にみんなとの別れを経験して、修道院に行った先輩としてね！　あたしはもうこういうの慣れっこだから！」

「そんなことを言って……お嬢様も寂しいのでしょう？」

「そ、それはっ……うん。そうよ。その通りよ。だから……だから、アネットもあたしの側を離れないでいてよね。約束よ？」

その言葉に頷《うなず》くと、俺たちは目の端に涙を溜《た》めて、お互いに笑い合った。

まさか、生前は滅多に涙を流すことのなかったこの俺が、転生してからはこんなに涙もろくなるとはな。

寂しくても涙が出るのだということを、俺は、この時初めて知ることになった。

——四時間半後。

王都へと到着をした俺たちは、馬車から降りて、城門前の商店街通りを歩いていた。

到着したのが昼過ぎということもあり、商店街通りの露店前には、昼食を漁《あさ》りにきた多くの人々が行き交っている。

俺は、ロザレナとはぐれないようにその手を握り、彼女の前を歩きながら雑踏の中を進んで行った。

「今日も王都は人が多いですね。あっ、お嬢様、スリには気を付けてくださいね？　お財布はちゃんと鞄の奥底に仕舞いましたか？」

「勿論《もちろん》よ。お父様が身銭を削って、一年分の生活費を預けてくれたんだもの。絶対に盗まれないようにしているわ」

「なら良かったです。あと、私から離れないようにしてくださいよ？　五年前のようになったら大変ですからね」

「あ、あのね～、もうあたしも大人なのよ？　あの頃みたいにそうそう、人攫《ひとさら》いに遭ったりはしないわよ。というか……あの時は貴方《あなた》も一緒に攫われてたでしょ？　元はと言えばアネットが『近道ー』とか言って、人通りの少ない道に行ったから、ああなったんじゃない」

「む、むむむ……た、確かに、私の不徳の致すところではあったとは思いますが……お嬢様は貴族のご令嬢なのですから、もっと危機感を持ってくださいよ。私がいつも側にいてお守りできるとは限らないのですからね？」

「さっき、馬車の中であたしの側を離れないでいてって言ったのに……もう約束破る気まんまんなんだ？　ふーん？」

「お嬢様。私は万が一のことを考えて、お嬢様のことを想《おも》って言っているのですが？」

「あーもう、分かったわよ。ちゃんと気を付けます。これで良い？　もう、なんだか昔よりお小言が多くなって――――ん？」

商店街通りから中央市街へと続く橋を渡っていた、その時だった。

ふいに鼻を突く臭いが辺りに漂いだし、その異臭にロザレナは思わず鼻と口を手で覆ってしまう。

「な、なに、この臭い!?」

何らかの薬品が使用されたような、この独特の臭いは……俺の最も古い記憶に刻み付けられているものだった。

俺はロザレナの手を離し、橋の手すりから崖下を覗《のぞ》く。

中央市街の周りに続く、深い堀の下にあるのは……この国の最下層、スラム街『奈落の掃《は》き溜《だ》め』だ。

あそこは、全てを無くした者が行き着く場所。

生前の俺、アーノイック・ブルシュトロームの生まれ故郷だった場所だ。

俺は、あの貧民街にあるごみ捨て場で、汚物に塗《まみ》れて産み捨てられていた孤児だった。

普通、故郷を見た人間は何らかの感情を抱くのかもしれないが、俺はあそこを見ても特に何も思わない。

あの場所に広がっている世界は今も昔も変わらず、違法ドラッグと暴力と奪い合いが横行している、地獄のような世界だけだからだ。

人間としての生き方なんてあったものではない、見捨てられた者たちが集まるただの廃棄物《廃棄物》……


「……」

「ア、アネット？　怖い顔して橋の下なんて覗いて……どうしたの？」

「……いえ、なんでもありません。行きましょう。この臭いはあまり身体に良いものではありませんから」

「そ、そうね。何だか気分が悪くなってくるわ」

この薬品のような臭いは、王国で蔓延《まんえん》しているドラッグ、『死に化粧の根《マンドラゴラ》』を焼いた影響によるものだ。

『死に化粧の根《マンドラゴラ》』には強力な幻覚作用と中毒症状があり、その幻覚は死者との邂逅《かいこう》を果たすことができる代物と言われている。

体内に摂取した者は自身が出逢《であ》いたい死者の姿を思い浮かべることによって、死した者の幻覚を見ることが叶《かな》うが、頻繁に摂取していると、徐々に身体が木質化していき……最終的には『死に化粧の根《マンドラゴラ》』の苗床へと変わっていってしまう。

王国では特三級危険物に認定されていて、一般人が使用することを法律上で固く禁止している物品だ。

しかし、この堀の下、『奈落の掃き溜め』ではその法律が適用されていない。

彼らは王国にとってはいない者とされていて、認知されていないのだ。

だから、薬物が出回り、その温床と成り果ててしまっている。

「……『死に化粧の根《マンドラゴラ》』を貧民街に蔓延させて甘い汁を吸うことができているのは、何処《どこ》かのお偉い貴族さんたちなんだけどな……本当、救われない話だぜ」

「え？　何か言った？　アネット？」

「いえ、何でもありません。早く橋を渡り切りましょう」

そうして、俺たちは強烈な臭気に顔を歪《ゆが》めながらも、橋を進んで行った。

橋を渡り切り、辿《たど》り着いたのは、中央市街の聖騎士駐屯区だ。

この区画は聖騎士が居住する地域となっており、一般の人間が立ち寄ることは殆《ほとん》どない。

それ故に、先程の商店街通りの喧騒《けんそう》がまるで嘘《うそ》のように、橋の向こうにはポツポツとした人影しか見当たらなかった。

そこには、白い建造物が多く建ち並ぶ閑静な街並みだけが広がっていた。

「ふぅ。何とか橋を渡り切ることができたわね。それにしても……さっきの臭いはいったい何だったのかしら？」

そう口にして、首を傾《かし》げるロザレナ。

世間の闇の部分を知らずに真っすぐに育ってきた彼女に、あの臭いの正体を教えるのは正直抵抗があったが……これからこの聖騎士駐屯区に住むことになれば、あの橋は何度も渡ることになるだろう。

後で知ってショックを受けるよりも、今の内にこの王国の闇の部分を彼女に教えた方が、幾分かダメージは少ないだろうな。

そう考えた俺は一呼吸挟み、隣を歩いているロザレナへと肩越しに視線を向けた。

「あの異臭は、王国の下層に住む者たちが違法ドラッグを使用していた臭いです。先程通った橋の下には、たくさんの貧民たちが暮らしているのですよ」

「えっ……？」

目を丸くさせて、立ち止まるロザレナ。

続けて、彼女は疑問の声を上げた。

「い、違法ドラッグって……そんなのおかしいじゃない！　何で聖騎士たちは取り締まらないの!?　聖騎士駐屯区とあの橋の下はこんなに、すぐ近くにあるというのに!!」

「聖グレクシア王家は、下層のスラム街……『奈落の掃き溜め』の人々を、国民と認めていないのですよ。ですから、法律の外にいる彼らが何をしようが手を出すことはしない……それが、今のこの国の在り方なのです」

「見て見ぬふりをしているということ？　そ、そんなの……おかしい、おかしいわ!!　聖騎士たちは、この国の貴族たちは、いったい何をやっているというの!?　貴族の責務《ノブレスオブリージュ》はどうしたというのよ!!　職務怠慢も良いところだわ!!」

ロザレナのその発言が耳に入ったのか、遠くを歩いていた聖騎士が足を止め、こちらを振り返った。

何やら文句ありげな表情を浮かべるその聖騎士の顔を見た瞬間、俺はロザレナの手を引っ張ると、急いでその場所から離れる。

「ちょ、ちょっと、アネット!?」

「お嬢様、ここは聖騎士駐屯区です。ですから、大きな声で王政の批判はしない方が賢明です。特に、保守派の騎士の耳に入った場合は、厄介極まりないことになりますからね」

「そ……それは……そうかもしれないわね。ごめんなさい。迂闊《うかつ》だったわ」

「これから私たちは聖騎士候補生として、バルトシュタイン家が運営する学園に入学します。恐らく学園の中には、お嬢様が絶対に許せないような曲がった考え方をする者もいることでしょう。ですが、そんな人間に相対しても、けっして怒ることはせず、感情は抑えるようにしてください。レティキュラータス家の力が及ばないこの地では、予期せぬ事態に発展することもあり得ますから。私が言いたいことは……お分かりですね？」

「……うん。下手に揉《も》め事《ごと》は起こさないようにするわ。さっきみたいに、大声で王政の批判をするような初歩的なミスはしないようにする。ごめんね、アネット」

「ご理解いただけて何よりです。……っと、ここまで来れば大丈夫でしょう」

聖騎士駐屯区の居住エリアを抜けた俺たちは、主に騎士や冒険者をターゲットにした商品を販売している聖騎士商店街へと辿り着く。

先程通った城門前の商店街通りは、食材が並ぶ露店が圧倒的に多かったが、ここは武具を販売している店が大多数を占めていた。

剣や槍《やり》、斧《おの》、弓、盾、鎧《よろい》などの装備品が、見渡す限りの店には並んでいる。

この聖騎士商店街を真っすぐに通り抜けると、俺たちが目指している聖騎士養成学校は目と鼻の先だ。

今日はまず、聖騎士養成学校の寮に行って、入寮の手続きを果たすのが目的だ。

正式に学校が始まるのは一日後となっているので、まだ校舎は開いていない。

だから、先に敷地内にある寮へと入って、そのまま明日の入学式に出る算段を俺たちは付けていた。

「この商店街を通り抜けたら……もうすぐ、あたしたちが通う学校を目にすることができるのね」

俺と同じことを考えていたのか、ロザレナは道の先を見つめながら、緊張した面持ちでそう呟《つぶや》く。

俺はそんな彼女に頷き、ロザレナの手を離した。

「そうですね。私も実物を見るのは初めてなので、どのような校舎なのか、今からわくわくしています」

「あら？　数日前はあんなに憂鬱そうだったのに、今度はやけに乗り気ね？　もしかして、学校が楽しみになってきたのかしら？」

「いいえ。ただ腹を括《くく》っただけでございます。ずっと鬱屈していても仕方がないでしょう？」

「へぇ？　まぁあたしも、アネットが暗いままなのよりは良いけれど。それじゃあ、さっそく、学校の姿を見に行くとしましょうか？」

「はい」

そうして俺たちは、聖騎士商店街を突き進み、聖騎士養成学校へと歩みを進めていった。

◇　◇　◇　◇　◇

「……これが、聖騎士養成学校『ルドヴィクス・ガーデン』なのね……」

俺とロザレナは、広大な敷地の中央に聳《そび》え立っている巨大な時計塔を、ぽかんと口を開けながら静かに見上げる。

目算ではあるが、あの時計塔は全高三百メートルは優に超えているのではないだろうか？

バカでかい時計塔の周りを囲むように建っているコの字型の建物も、五十メートルくらいの高さがありそうなのに……あの時計塔のせいで、何だか小さく見えてしまう。

俺たちは目の前に広がるその広大な光景に、思わず呆然《ぼうぜん》とした顔のまま、校門の前で立ち尽くしてしまっていた。

「あ、あの、も、ももももしかして、貴方《あなた》たちは……その、今年度の新入生の人たち、なのでしょうかぁ……？」

「え？」

突如背後から声が掛けられ、俺たちは同時に後ろを振り向く。

するとそこには、おどおどとした様子の、水色の髪の少女が立っていた。

彼女は肩から垂れている自身のおさげ髪を撫《な》でると、こちらには何故《なぜ》か視線を合わせずに、俯《うつむ》きがちに口を開く。

「あ、ああああの、こっちには校舎しかないので、も、もし、寮に用があるっ、あ、あるのでしたら、裏門から入った方が、ち、近いですよぉ……？」

そう言って、「うぅぅ……」と口にし、眉を八の字にする水色の髪の姫カットの少女。

俺は、何処かで見たことがあるその少女の顔に、思わず首を傾げてしまっていた。

「貴方は……？」

「あーっ！　貴方！　この前、あたしが路地で突き飛ばしちゃった子じゃない!!」

「ぴぎゃう!?って、え?　あ、あの時の元気な子……？」

ようやく少女はロザレナと目線を合わせると、何故か口元をわなわなさせ始め、顔を青ざめさせ始めた。

「も、もしかしてあの時のお礼参りをしに、わざわざこの学校に来たんですかぁ!?　ぴ、ぴぎゃぁぁぁぁぁっ!?　ゆ、許してくださいぃぃぃぃぃぃっ!!」

「は、はぁ!?　お礼参り!?　そんなことしないわよっ!!　あたしたちはただ、この学校にある寮に入寮しに来たの!!　明日の入学式に出るために!!」

「ふ、ふぇ？　ほ、ほほほほ、本当ですかぁ？」

「そうよ。まったく、さっきから何でそんなに怯《おび》える必要があるのかしら。貴方、既に制服を着ていることからして……先輩なわけでしょう？　同期の新入生じゃないわよね？」

「は、はいぃぃ、うちは、ミレーナは、去年入学した二期生ですぅ……貴方たちの先輩ですぅ……えへ、えへへえへぇ……」

「ミレーナ……？　あっ、もしかして君って……」

「はいぃ？」

俺がそう口を開くと、ミレーナと名乗った少女はようやく俺の顔へと視線を向ける。

するとその瞬間、彼女は俺の顔を見て何かを思い出したのか……突如キョトンとした表情を浮かべた。

　その反応を見て、俺は、自身の考えに確信を抱く。

「そうか、やっぱり君はあの時の……お久しぶりです。覚えていますか？　私のこと？」

「栗毛《くりげ》色の？　ポニーテールの？　メイドの女の子……？……あ、あわわわわわ、そ、そそそんなあああああっっ！！！！　あ、貴方は、もしかしてぇぇぇぇぇっっっ！！！！」

「うん。やっぱり五年前、奴隷商団のアジトで一緒に捕まっていた子ですよね。まさかこんなところで再会できるとは思わなかったです。懐かしいなぁ」

　俺のその発言にようやく彼女の正体に思い当たったのか、ロザレナはポンと手を叩《たた》いて、納得したような表情を浮かべる。

「五年前、奴隷商団のアジトで……って、あっ、そっか!!　確かにこの子いたかも!!　何か、ずっと誰かの陰に隠れてた、おどおどしていた奴《やつ》!!」

「お嬢様。あの時は貴方もずっと私の背後に隠れていたではありませんか……。人のことは言えませんよ？」

「う、うるさいわねぇ!!　あたしは、アネットが足に怪我《けが》をしていたから歩幅を合わせていただけよ!!　……何、その小馬鹿にしたような微笑《ほほえ》み顔は。何か文句でもあるのかしら？」

「いいえ？　何でもありませんよ。それよりも……ミレーナさん、申し訳ございません。色々とお嬢様が失礼な態度を取ってしまいまして……」

「……」

「？　あ、あの、ミレーナさん？　これから後輩として、どうかよろしくお願いします――」

「ぴ、ぴえぇぇぇぇぇぇぇっっ！！！！　や、殺《や》られるですぅぅぅぅぅぅぅ！！！！　髪掴《つか》まれて顔をガンガン地面に殴りつけられるですぅぅぅぅぅ！！！！　うちのトラウマが掘り起こされるぅぅぅぅぅぅ！！！！　悪魔メイド!!　拷問メイド!!　ぴぃぎゃゃぁぁぁぁぁぁっっ！！！！」

「え？　は、ちょ!?」

俺が最後まで言葉を発する前に、彼女は猛スピードで道を走っていき、その姿をあっという間に小さくさせていってしまった。

俺たちはただただ、走り去る少女の後ろ姿をぼんやりと見つめることしかできず。

握手しようと伸ばしていた手を、空中で空《むな》しく漂わせることしかできなかった。

「……何なの、あの子……」

「さ、さぁ……私にも分かりません……」

事前に聞いていた情報だと、どうやら学生寮は三棟あるらしい。

だから、俺たちが入寮する『第三学生寮　満月亭』までの案内を彼女にお願いしたかったのだが……頼む前に逃げてしまったな……。

俺とロザレナはお互いに顔を見合わせ、仕方ないといった感じで同時にため息を吐《つ》く。

そしてそのまま自力で学生寮を探すべく、俺たちは学校の裏手へと回って行った。

◇　◇　◇　◇　◇

「これがこの学校の学生寮なの？　あの時計塔を見た後じゃ何だか小さく見えるわね」

「お嬢様、そのようなことを口に出して仰《おつしや》らないでくださいませ……」

「あっ、ごめん。思ったことがすぐ口に出てしまうのよ、あたし」

「とっくの昔にそれは存じ上げておりますよ。さぁ、無駄話していないで、さっさと寮の中へと入りましょう。入寮の手続きをしなければなりませんからね」

「ええ。分かったわ」

そう言葉を交わすと、俺たちは古ぼけた洋館――――レティキュラータス家の屋敷の三分の一くらいの大きさの邸宅――――の玄関口に立ち、ドアノブを押して中へと入った。

館内に入ると、どこかカビ臭さがあるような、老朽化した建造物にありがちな独特の臭いが俺たちを出迎える。

けれど、別段、その臭いで不快になることはなく。

俺たちはロビーに立ち、木造建築の館内を静かに見回した。

「うわぁ……何か趣きがあるわねぇ～。ゆ、幽霊でも出そうな気がするわ」

「流石《さすが》に聖騎士養成学校の寮なのですから、幽鬼《レイス》の類はいないでしょう。彼らは信仰系魔法や祝福された地は大の苦手ですからね」

「わ、分かっているわよ、それくらい！　ものの例えで言っただけよ！」

そう言ってロザレナは、入ってすぐのところに飾られていた白銀の鎧甲冑《よろいかっちゅう》をチョンと、指で触れる。

今にも動き出さないか確認している辺り、この洋館の様相に恐怖心を抱いていることが察せられた。

俺はそんな彼女の姿にクスリと笑みを浮かべた後、下駄箱《げたばこ》横に置かれたテーブルへと視線を向ける。

するとそこにはハンドベルとノートが置かれており、ノートには、来客へ向けられたメッセージが書かれていた。

ええと、何々？　「ご用件のある方はこちらのベルをお鳴らしください。ご来客の方はこちらのノートに面会する入寮者と自分の氏名を書いて、スリッパを履いて適当に中に入っちゃってください。P．S．マイス・フレグガルトくん。寮にとっかえひっかえ女の子を連れてきてズッコンバッコンするのは止《や》めてください。ここは売春宿じゃありません。次やったら絶対に容赦しません。見つけ次第……貴方の大事な息子さんを包丁でぶった切って夕飯の材料にしてやりますから」か。

とりあえず、マイス・フレグガルトくんとやらをお嬢様に近付けてはいけないということは理解しましたよ。ありがとう、このノートを書いた人。

俺はテーブルのハンドベルを手に取ると、チリンチリンと、屋敷内に響き渡るように鳴らしてみる。

すると、奥からドタバタと足音を立てて、何者かがこちらに向かってくる音が聞こえてきた。

「はい～！　今、行きます～！」

老朽化したフローリングをギシギシと鳴らして目の前に現れたのは、何処《どこ》か病んだ雰囲気を漂わせた……右目に眼帯をし、学生服の上からエプロンを身に着けた、黒髪ワンサイドアップヘアーの少女だった。

彼女は俺たちの顔を交互に見ると、顎に手を当て、推理するようなモーションを取る。

「もしかして貴方たちは、今日、入寮する予定の子たちでしょうか～？　メイドの子を連れていることからして……ふむ、事前に知らされていた、レティキュラータス家のお嬢様御一行と推測しますが……どうでしょうか？　当たっていますか～？」

「はい。大当たりです。私は、レティキュラータス家にお仕えしております、アネット・イークウェスと申す者です。そしてこちらが……」

「ロザレナ・ウェス・レティキュラータスよ。よろしく……お願いします」

そう口にして、俺たちは黒髪の少女へと頭を下げた。

すると彼女は、胸の辺りで手を合わせ、柔和な笑みを向けてくる。

「ご丁寧にどうもありがとうございます〜。私は、この第三学生寮『満月亭』で監督生を務めさせて貰《もら》っています、オリヴィア・アイスクラウンと申す者です〜。どうぞ、よろしくお願いしますね〜」

そう口にすると、ほんわかとした空気を纏《まと》った眼帯少女は、握手をしようとロザレナへと手を伸ばしかけるが……何故《なぜ》か寸前で止める。

彼女は手を引っ込めると、ロザレナにニコリと微笑みを向け、続けて俺にも視線を向けてきた。

そして、その後。

少女は突如驚いた様子を見せると、俺へと近付き、至近距離でジッとこちらの顔を覗《のぞ》き込んでくるのだった。

「あ、あの、オリヴィアさん……？」

「貴方《あなた》は……」

俺の瞳を覗き込み、眉根を寄せ、何やらを考え込むような仕草をするオリヴィア。

そんな彼女の姿に俺が困惑していると、横からロザレナの怒った声が聞こえてきた。

「ちょ、ちょっと!!　いつまで見つめ合っているのよ!!」

その声にハッとして俺から離れると、オリヴィアは慌てて居住まいを正す。

「あ、あらあら、私ったら、すいません〜。あまりにも綺麗《きれい》な瞳でしたので、つい、見惚《みと》れてしまいました〜」

「絶対に渡さないわよ。アネットはあたしのものなのだから」

そう言って、オリヴィアから俺を引き離すロザレナ。

そんな彼女に、オリヴィアはクスリと口元に手を当て、笑みを溢《こぼ》した。

「だったら、私よりも、別の人に気を付けた方が良いかもしれませんね〜。アネットちゃんは間違いなく、彼の好みのタイプだと思われますので〜」

「彼？　誰のこと？」

「呼んだかな？　マイハニー」

その時。上階の階段から、一人のブロンドヘアーの青年が姿を見せる。

彼は優雅な素振りで玄関に降りてくると、オリヴィアへと白い歯を見せて笑った。

すると、オリヴィアは先程の淑女然とした清楚《せいそ》な様相とは一変、眉間に皺《しわ》を寄せ、鋭い目をその青年へと向ける。

「……マイスくん、私をマイハニーなどと、気持ち悪い呼称で呼ぶのは止めていただけませんか〜？　反吐《へど》が出ますので〜」

「おやおや、相変わらずつれないじゃないか、眼帯の姫君。この俺に靡《なび》かない女性は世界広しといえども君だけだよ？」

「貴方に靡くのは尻の軽いヤ○マン女だけですよ〜？　何を、自分が世界中の女性にモテているなどと、ふざけた勘違いをしているのですか〜？　頭の中までチ○ポ一色ですか

～？　お願いですから、さっさと死んでいただけませんか～？　貴方が死んでも誰も悲しみはしないので～。貴方の劣等遺伝子なんて、この世界に残す価値も無いので～」

「ハッハッハッ！　今日も絶好調だな、姫君は！　そのツンデレな姿を見る度に、俺に対する君の愛情の深さが分かってしまうよ！　でも、申し訳ない！　俺の愛は独り占めできないんだ……許しておくれ、眼帯の姫君！」

「はい～？　何を言ってるんですか～？　ブチ殺しますよ～？」

険悪な雰囲気が……主にオリヴィアからだけだが……辺りに漂い始める。

青年はそんな空気などまるで気にした素振りも無く、輝く歯を見せて笑うと、俺たちへと視線を向けてきた。

「やぁ！　君たちが、今日来ると言っていた新入生の子たちか！　俺の名前はマイス・フレグガルト！　気軽にマイスと呼んでくれて構わな――――」

その瞬間。マイスと名乗った青年が俺を見て、目を見開いて硬直する。

俺はそんな彼の姿に、思わず小首を傾《かし》げてしまっていた。

「あの……？」

「――――結婚しよう」

「……はい？」

物凄《ものすご》い勢いで距離を詰めてくると、マイスは俺の手を両手で包み込み、ギュッと、握ってくる。

そして、上気させた頬と潤んだコーラルレッド色の瞳で、キスでもしそうな至近距離で俺の目を真っすぐに見つめてくるのであった。

「君の全てに、俺は今、恋をしてしまった！　空のような美しく澄んだ青い瞳に、可愛《かわい》らしいぷっくりとした桜色の唇！　そして、あどけない幼さが残る顔に、奥ゆかしそうな貞淑そうな雰囲気……それでいて、何なんだ君のその均整の取れたパーフェクトなボディラインは!!　百戦錬磨の俺にはそのメイド服の上からでも分かるぞ!!　君の身体《からだ》が!!　高名な画家が描く裸婦画のように、神秘的で美しいことがね!!」

「どう見ても身体目当てじゃないですか!?　いや、待って待って待ってキモイキモイキモイ!!　手を握らないでください!!　顔を付けないでください!!　私に男とキスするような趣味はありません!!!!!」

「フフッ、この俺を虜《とりこ》にした君が悪いのさ。まったく、俺は特定の女性は作らないつもりだったのに……出逢《であ》った一瞬で結婚を決意させられるとは。本当に君はなんて罪な女性――んごぁ!?」

背後から股間を蹴られたマイスは、俺の手を離し、その場に崩れ落ちる。

何事かと前方に視線を向けると、そこには、フゥーッフゥーッと肩で息をしながら、今までに見たことがない怒りの形相を浮かべているロザレナの姿があった。

「ア、アネットから離れなさい!!　このケダモノッ!!」

そう叫んで、俺を抱きしめると、マイスと俺の距離を遠ざけようとするロザレナ。

その目は、怒り狂った猛獣のように血走った様子を見せていた。

「ナイスですよ～、ロザレナちゃん」

その光景に目を細め柔和な笑みを浮かべた眼帯少女、オリヴィアは、何処から取り出したのかロープを両手に握ると、そのままマイスの腕と足をガッチガチに拘束していった。

そして、少女とは思えぬ力でヒョイとマイスを肩に担ぐと、こちらに慈母のような微笑《ほほえ》みを見せてくる。

「安心してくださいね～。貴方たちには絶対に手を出させないように、この男は監督生である私が責任を持って拷問しておきますので～」

「ご、拷問……？」

「あ、そうだ、忘れるところでした。これ、二人のお部屋の鍵です～。部屋の場所は三階に上って右側の廊下の奥、突き当たりの二部屋ですので、二人で好きな方を選んで使ってくださいい～。私は基本、食堂にいるので、何かあったら何でも聞いてくださいね。ではでは～」

そう口にして、眼帯のエプロン少女は、捕虜を捕まえるようにして上階へと去って行くのであった。

まるでトロール……は、年頃の女性に対して失礼だな。

少女とは思えないそのドスドスと去って行く後ろ姿に、俺たちはただただ茫然《ぼうぜん》とその場に立ち尽くしてしまっていた。

「な……何だか、賑《にぎ》やかな先輩たちですね……」

「そ、そうね。あのマイスとかいう男がアネットに何かしないか心配だけれど……まぁ、あの様子だったら、オリヴィアさんがちゃんと守ってくれそうだから安心かしら……」

そう言葉を交わしお互いの顔を見て頷《うなず》くと、俺たちは自分たちの部屋に向かうために、荷物を持って階段を上って行った。

◇　◇　◇　◇　◇

「お互いの部屋が向かい合わせにあって良かったですね。これならば、お嬢様の下にどんな時でも駆けつけることができそうです」

「そうね。本当は、一緒の部屋をシェアして同棲《どうせい》みたいなことをしたかったのだけれど……まぁ、そんな贅沢《ぜいたく》は言わないでおくことにするわ。じゃっ、あたしはこっちの階段とは反対側の部屋にするから」

「畏《かしこ》まりました。では、自室に荷物を置いたら、お嬢様のお部屋にお伺いしますね」

「了解。待ってるわ」

そうしてお互いに同じタイミングでドアを開け、俺たちは部屋の中へと入って行った。

俺は先程寮の入り口で履き替えたばかりのスリッパで、ペタペタと部屋の中を歩いて行く。

そして、綺麗にシーツが取り換えられているベッドの上に、ドサッと旅行鞄《かばん》を載せた。

その後、鞄の隣に腰かけ、ざっと、部屋の中を見回してみる。

窓際には高級感溢《あふ》れる勉強机が置かれており、その上に傘型のスタンドライト、横には空っぽの本棚、大きなクローゼット……何と、壁際には暖炉まで付いていた。

こんなことを言っては何なのかもしれないが、レティキュラータス家の使用人部屋よりも明らかに質が良く、家具の数や内装が綺麗に整っていて、尚且《なおか》つとても広かった。

目算、1LDKくらいはギリあるんじゃないだろうか？

学生のガキが生活するには勿体《もったい》ないくらいの、上等な部屋だといえるだろう。

外観は結構古そうな造りをしていたのに、中身は意外と綺麗なんだな。

その差には少しだけ、驚いた。

「まぁ、華族学校だからな。貴族の子息とか、他国の金持ちの子供とかも多く在学しているんだろうし……良い造りしてんのは当然なのかもしれねぇな」

俺はそう呟いて、ベッドから立ち上がると、窓際に立つ。

窓を開けると、身を乗り出し、外を確認してみた。

「寮の前にあるのは、聖騎士駐屯区の街並みと時計塔、か。裏手にあるのは……あれは、裏山か？　見たところ頂上には……修練場があるっぽいな？」

そう、目の前の光景に首を傾げていると、部屋の外から声が掛けられる。

「ちょっと、アネットー？　荷物置いたらこっちに来るんじゃなかったのー？　いつまで待たせるのー？」

「あ、はい！　今参ります！」

廊下から聞こえてきたその声に、俺は急いで窓を閉めて、部屋を出る。

そして、自室のドアの鍵を閉めると、向かいにあるロザレナの部屋へと入って行った。

◇　◇　◇　◇　◇

「ふぅ。とりあえず、何とか無事に寮に着くことはできたわね」

部屋に入ると、ロザレナはベッドの上に座りながらそう声を発する。

俺は窓際にある机から椅子を一つ引っ張り出し、ベッドの前に置くと、ロザレナと向かい合うようにして座った。

「お疲れ様です、お嬢様。時刻は……十七時十二分ですか。いつの間にか、夕刻時になっていますね。気付かない内に、王都に着いてから大分時間が経過していたみたいです」

家を出る前日にマグレットから貰《もら》ったおさがりの懐中時計を確認してそう言うと、ロザレナは足を伸ばして、そのまま倒れるようにしてベッドの上に横になった。

　そして、「くぅーっ」と言って、疲れたように腕を上へと伸ばし、おっさん臭いため息を吐《つ》く。

「お嬢様、はしたないですよ」

「別に良いじゃない。ここにはアネットとあたししかいないんだし」

「この学校は華族学校なのですから、貴族の嫡子の方がたくさんいらっしゃるのですよ？　常に淑女として優雅な行動をなされていないと、いざとなった時、他家の者にレティキュラータス家の格を疑われることになります」

「この国においてレティキュラータス家の格なんて、あってないようなものよ。……なんて言っても、アネットは納得しないでしょうね。もう、分かったわよ、できる限りは意識してみるわ」

　そう言って起き上がり、ベッドの上で足をブランブランとさせると、ロザレナは俺へと楽し気に微笑みを向けてきた。

「ねねっ。それで、これからどうするの？　あっ、寮の中を探検してみる？　何か封印されたお宝とかありそうな雰囲気よね！　このオンボロ屋敷！」

「駄目ですよ。探検なんてしたら他の寮生の皆さまの迷惑になってしまいます」

「ちぇっ、つまんないの～。だって、学校が始まるまで結構時間あるのよ？　校舎もまだ解放されていないし……こんなところでやれることなんて、限られてくるじゃない」

「お嬢様。つかぬ事をお聞きしますが……修道院で過ごしている間、剣の練習はされていましたか？」

「ん？　勿論《もちろん》よ。毎日日課として、二、三時間程はお婆様《ばあさま》に習った型を練習していたわ。……とは言っても剣を持って素振りする程度だったから、身になっているのかは分からないけれどね」

「そうですか。それは良かったです。では……今から私と少し、稽古でもしてみましょうか？　もう夕刻時なので、日が完全に沈むまでの僅かな間だけですが」

「――――え？」

驚きの声を上げると、ロザレナはベッドから立ち上がり、目をキラキラと輝かせて俺を見下ろした。

「アネットがあたしに……剣を教えてくれるのっ⁉」

「はい。こんな私の剣で良いのであれば、いくらでも」

「やっ――――ったぁぁぁぁぁぁぁぁぁぁぁぁぁっ‼　とってもとっても嬉《うれ》しいわ、ありがとう、アネット‼」

そう口にして、ピョンピョンと飛び跳ねるロザレナ。

その大胆に喜ぶ姿は、まるで尻尾を振る大型犬のようで微笑ましくなってくる。

「では、寮の裏手に行きましょうか。先程部屋の窓から、修練場のようなものが裏山にあるのを見つけましたので」

「うん!!　行きましょ!!　行きましょ!!」

「……っと、その前に。オリヴィア先輩に修練場を使って良いか許可を取って来ますね」

「分かったわ!!　早く早くー!!」

そうしてロザレナは俺の手を引っ張ると、部屋の外へ出て行こうとする。

危うく鍵を閉め忘れて出ていきそうになっていたので、ちゃんと注意しておくと、彼女ははにかみながら舌を見せてきたのだった。

◇　◇　◇　◇　◇

「先程ご挨拶させていただいたアネットですが……オリヴィア先輩、いらっしゃいますでしょうか？」

部屋がある三階から一階に降り、食堂へと入る。

食堂は清潔感溢れる場所で、とても広い造りになっていた。

天井からは豪奢《ごうしゃ》な造りのシャンデリアがぶら下がっており、壁際には暖炉、中央には七、八人程が座れる巨大な長机、リフェクトリーテーブルが配置されている。

テーブルの上には綺麗《きれい》な切り花が瓶に入れられて飾られており、横にある燭台《しょくだい》が辺りを優しく照らしていた。

俺はそんな綺麗な食堂内をキョロキョロと見渡し、思わず感嘆の息を溢《こぼ》してしまう。

「わぁ……とても綺麗で広い食堂ですね。流石《さすが》は華族学校の寮、といったところでしょうか……ん!?」

その時。突如、焦げ臭さに混じり、鼻を突くような異臭が漂ってきた。

俺は咄嗟《とっさ》に鼻をつまみ、眉間に皺《しわ》を寄せてしまう。

「な、何だ、これ……!?」

先程の『奈落の掃き溜《だ》め』の時に嗅いだ刺激臭と違って、今回は純粋に臭い。

例えるなら、生魚をそのまま放置して二日ほど腐らせたもの、だろうか。

とにかく、臭い。臭くて鼻が曲がりそうだ。

「くんくん……臭いがするのは、あそこか……!?」

俺は、調理場と思《おぼ》しき場所へと続く、暖簾《のれん》が掛かった通路に視線を向ける。

するとそこから、レードルを手に持った黒髪の少女が姿を現した。

「あら？　アネットちゃんですか？」

「え？　オリヴィア先輩……？」

オリヴィアはニコリと微笑みを浮かべると、ぱたぱたとスリッパの音を鳴らして、俺の傍《そば》へと近寄って来る。

そして可愛《かわい》らしく首を傾《かし》げると、キョトンとした表情で、声を掛けてきた。

「何かご用でしょうか～？　先程、私を呼ぶ声が聞こえてきましたが～？」

「あ、はい。あの、裏山にある修練場を使わせてもらってもよろしいでしょうか？　お嬢様が剣の修行をしたいと言うもので」

「修練場、ですか～？」

そう言葉を発すると、オリヴィアは右手の人差し指を顎に当て、思案するような様子を見せる。

「ん～？　この時間って、確か彼が……でも、まぁ、大丈夫かな？　う～ん？」

「どうかなさいましたか？」

「あ、いえいえ。どうぞ、修練場、お好きに使ってくださ～い」

「？　はい、了解しました」

何か言いたげな様子のオリヴィアに、俺は思わず訝《いぶか》し気《げ》に小首を傾げてしまう。

何か問題があるのかと口を開きかけるが……背後から、俺を呼ぶお嬢様の声が聞こえてきた。

「アネット!!　いつまで待たせる気!?　さっさと修練場に行くわよ!!」

「あ、はい、分かりましたお嬢様！……では、修練場に行ってきますね、オリヴィア先輩」

「はい～。十九時くらいには夕飯の時間になりますので、それまでには帰ってきてくださいね～」

「はい。行って参ります」

オリヴィアに深く頭を下げ、俺は踵《きびす》を返す。

どうして食堂に謎の異臭が漂っていたのか、修練場に何か問題があるのか、その疑問を問いたかったのだが……今はとりあえず、お嬢様の下へと戻るとしよう。

これ以上お嬢様を待たせたら、一人で行ってしまわれそうだからな。

そうして俺は食堂を出ると、玄関口で、散歩前の犬のように興奮した様子のお嬢様と合流を果たす。

そのまま靴に履き替え、寮の外に出ると、真っ赤な夕焼け空が俺たち主従を迎えた。

俺はその夕焼け空を見つめながら、寮の裏手にある裏山へと、ロザレナに手を引っ張られながら歩いて行った。

◇　◇　◇　◇　◇

「へぇ～？　中々広いところね」

林を切り開いて作ったのだろうか。

満月亭の裏にある小高い丘の上には、寮の半分程の規模のただ広い空間が広がっており、そこには人に見立てて作られた木人形が何体も聳《そび》え立っていた。

確かに、周囲を林に囲まれたこの静かな丘の上であれば、剣の修行には持ってこいの場所といえるだろう。

ここならば城下の喧騒《けんそう》を忘れ、ただ剣だけに意識を集中して修行に打ち込めそうだ。

「……ん？」

俺はチラリと、背後にある大木に視線を向け、肩越しに窺《うかが》う。

そんな俺に対して、お嬢様はキョトンとした不思議そうな顔を見せた。

「どうしたの？　後ろに何かあるの？」

「……いいえ、何でもありません。それよりもお嬢様。少し、私から離れてください」

「え？　何で？」

「この木人形を使って、ちょっと、試し切りをしてみようかと思いまして」

「わ、分かったわ！」

ロザレナが後方へと距離を取ったのを確認し、俺は木人形の前に立つ。

そして、レティキュラータス家から持ってきていた愛刀『箒丸《ほうきまる》』を手に持つと、それを腰に構え、抜刀の構えを取った。

「フゥ……」

意識を集中させ、短く息を吐いた……次の瞬間。

前へと強く足を踏み込んだ後に、俺は木人形に向けて、居合の剣閃《けんせん》を放った。

「――――『閃光剣《せんこうけん》』」

その瞬間。

「バキッ」という音と共に、目の前の木人形は中程から真っ二つに切り裂かれる。

その後、切られた上半身部分はゴロゴロと、無造作に地面へと転がっていった。

通常であれば、箒を剣のようにして木人形にぶつければ、折れてしまうのが当然なのだろうが……何故《なぜ》か箒は無事だった。

その光景を見て、俺はヒュンと箒で空を切り、腰の鞘《さや》へと戻……いや、鞘なんて無いんだった。これ、箒だったわ。生前の癖でうっかり腰に剣を戻してしまっていたぜ……。

生前の自分の癖に呆《あき》れた笑みを溢しつつも、手に持っている箒を見つめ、俺はコクリと頷《うなず》いた。

【覇王剣】が使えたことから、もしやと思っていたが……どうやら俺の予測は当たりのようだな。今の俺は、生前の能力、『加護』の力をそのまま受け継いで転生しているらしい」

加護とは、剣術や魔法とは異なった、特別な力……ユニークスキルのことだ。

主に血統によって遺伝する力と言われているが、まれに加護持ちが突然変異で生まれてくることがある。

加護は魔法とは違って使用に魔力を消費しない分、常時発動し、完全にオフにすることができない物だ。

加護持ちの騎士や冒険者は重宝されやすい傾向があるが……反対に、強力な加護を持つ人間は、日常生活に支障をきたす者が多いと聞く。

例えば、視界に入った者を強制的に石化させる魔眼——【石化の魔眼】の加護を持つ者は、常に目元を布で塞いで生活しているらしい。

何故なら、魔眼を持つ者は、無差別に誰彼構わず危害を加えてしまう可能性があるからだ。

それ故に、魔眼持ちは人々から恐怖され、忌避されることがある。

加護とはある意味、自身をも苦しめる、諸刃《もろは》の剣《つるぎ》といえる代物だろう。

「……とはいえ、生前の俺が持っていた加護は、そんな危なっかしい力ではないんだけどな」

生前の俺が持っていた加護の力——【折れぬ剣の祈り】。

この加護がある限り、俺が手に持った武具はどんなに酷使しても決して壊れることがなく、この世界に現存し続ける。

だから、その辺に落ちている木の棒切れだろうが、世界最硬級のフレイダイヤ鉱石製の剣だろうが、【折れぬ剣の祈り】の加護を持つ俺にとっては、武具の耐久性は等しく何も変わらないのだ。

けれど、箒と剣じゃその威力はまったく違うものだから……ただの棒切れを使うよりかはちゃんとした武具を使った方が、明らかに攻撃力は上がるんだけどね、うん。

まぁ、とにかく。アネット・イークウェスの身体《からだ》でも、以前の俺の力、アーノイック・ブルシュトロームの能力が問題なく使えることが分かっただけでも収穫だろう。

これらの能力に加え、成長し、女性の身体の使い方に慣れた今の俺であれば、たとえジェネディクトと再戦してもきっと余裕だろうな。

生前と違うのは、やはり、性別が変わったことによる筋力低下くらいだが、それくらいだったら魔道具《マジックアイテム》やら何やらで如何様《いかよう》にでもカバーできる方法はある。

もしジェネディクト以上の敵が現れることがあっても、何の心配もいらないと見て良いだろう。


「…………久々に見たけど、やっぱり、アネットの剣って凄《すご》いわ……」


その声に背後を振り向くと、そこには、目をまん丸にさせたロザレナが、小さく手を叩《たた》きながら……啞然《あぜん》とした様子で俺を見つめている姿があった。

彼女はゆっくりとこちらに近付いてくると、俺が手に持っている箒丸と木人形に、交互に視線を向ける。

「……対象が木の人形だとしても、普通、箒でこんなことはできないわ。それに、今の剣技……あたしには、剣を抜いた瞬間がまるで分からなかった。アネットは腰に箒を携えたままで、影が一瞬飛んだようにしか見えなかったわ……」

「今のは、先々代【剣聖】が生み出したとされる、神速の居合……【閃光剣】と呼ばれる太刀です。現剣聖のリトリシア・ブルシュトロームが幼少時、最も得意としていた剣技ですね」

「そう、なんだ……。というか、前から思っていたけど、アネットって【剣聖】の歴史についてすっごく詳しいのね。あたしもよく伝記の本を読んでいたから自信があった方だったんだけれど……流石に剣技の詳細までは知らなかったわ」

「そ、そうですね。わ、私も人伝《ひとづて》に聞いたというか何というか……コホン。と、とにかく、そういうことです。さてお嬢様、剣の練習を致しましょう。さぁ、私の愛刀、箒丸を手に持って」

「……箒、かぁ。木刀とか剣の代わりになるもの、何か寮には無かったのかしら。オリヴィアさんに聞いて借りてくればよかったわ」

「？　何故でしょうか？　箒でも素振りはできますよ？」

「いや、あの……さっきのアネットは確かにかっこよかったけれど……流石に箒を持って練習するのは、こう、何となく恥ずかしいというか……」

「子供の頃はよく、私の箒丸を使って素振りをなさっていたじゃないですか。今更何を恥ずかしがる必要があるのですか？」

「ゲッ、五年前、あたしが箒で素振りしていたの、見ていたの？　今思えばあれ、ものすっごい黒歴史なのよね。はぁ……修道院に置いてあった木剣、シスターノルンに言って譲ってもらえば良かったわ……」

そう言いつつも、ロザレナは素直に箒を受け取る。

そして肩越しに、チラリと、俺に視線を向けてきた。

「そ、それで、アネットはどうやってあたしに剣を教えてくれるというの？」

「とりあえず、ロザレナお嬢様がいつもなさっている素振りを私に見せてくださいますか？」

「わ、分かったわ。……変でも笑わないでよ？」

そう言って、ロザレナは上段の構えを取り……大上段で相手の頭部を狙った一撃、『唐《から》竹《たけ》』の素振りを行う。

剣を頭の上に掲げ、足を前へと踏み込み、腰を引いて、剣を振り下ろす。

単純な動作だが、以前、メアリー夫人に教えを乞うていたからだろうか。

その姿勢は整っているし、何回も修道院で練習していたからだろう、上段の構え『唐竹』の型は一端の剣士レベルには様になっていた。

「……」

「あ、あの、どう、かしら……？」

上段の素振りを数回終え、恐る恐るといった様子でこちらに目を向けてくるロザレナ。

俺はそんな彼女に、コクリと、静かに頷きを返した。

「特に、私が言うべき問題点は無いと思います。とても綺麗《きれい》に『唐竹』の型ができていましたよ」

「ほ、本当!? よ、良かったわぁ!!」

「ですが、お嬢様のそれはただの素振りにすぎません。剣というものは相手に向けて初めて技術へと昇華されるものです。そうですね……試しに、私にその『唐竹』を放ってみてください」

「え……？ で、でも、アネット、剣を持っていないじゃない？」

「大丈夫です。やってください」

「わ、分かったわ」

そうしてロザレナは俺の前に立つと、頭上に箒を掲げ、俺に対して上段の構えを取る。

彼女のその複雑な顔から察するに……俺に箒を振り下ろすのを躊躇《ちゆうちよ》している様子が窺えた。

「お嬢様、本気で振ってください。私の実力を知っている貴方《あなた》だからこそ、その箒が私を害することがないと、分かっているでしょう？」

「え、ええ。じゃあ――――いくわ!!」

足を踏み込み、腰を引き、上段に構えた箒を――俺の脳天に向けて振り放つ。

『唐竹』の型は大振りが故に、最も隙が大きい型と言われている。

ただ、そのリスクを上回るほどの威力を伴っているため、ハイリスクハイリターンの博《ばく》打《ち》みたいな剣技とも言えるだろう。
　だから、大抵の剣士は好んでこの型を使うことはせず、確実に仕留められる瞬間でしか、
『唐竹』の型はあまり使用されない。
　けれど、当たれば大勝、外せば地獄の博打みたいなこの剣技は……過去、賭博狂いの
アーノイック・ブルシュトロームはよく好んで使っていた。
　まぁ、奴《やつ》にとって『唐竹』は【覇王剣】へと昇華させた型でもあったから、好きな反面
嫌いなところもあった、という、複雑な心持ちがあるんだろうけどな。
　とにかく、この剣技はハイリターンの代わりに大きな弱点が目立っている。
　剣を上げて振り下ろすという単純な動作だからこそ、速度が遅く、実力差に開きがあれ
ば、簡単に回避できてしまうのだ。
「とりゃぁーっ！！！……って、あれ？」
　俺は、身体を軽く横に反らす。
　その瞬間、目と鼻の先に、上段に振られた箒が通って行った。
　俺が身体を軽く反らし、軽やかに箒を避《よ》けた動作を見て、ロザレナは瞠目《どうもく》して驚きの声
を上げる。
「そんな……ア、アネットが避けるだろうことは勿論《もちろん》分かってはいたけど……身体を横に
反らすだけで、それも、立っている場所から殆《ほとん》ど移動しないで避けられちゃうものな
の!?」

「はい。この型は正直に申しあげると、剣士の読み合いには最も適していない型なのです。ですから受け手は基本的な動きを理解してさえいれば、こうして身体を反らすだけで簡単に回避できてしまうのです」

「え、えぇぇぇぇぇ～～～っ!! じゃ、じゃあ、あ、あたしのこの五年間の素振りは、いったい何だったというのよぉ～～!! すっごく弱いじゃない、この型!!」

「いえいえ。けっして、無駄ではないと思いますよ。何と言っても『唐竹』は立派な剣の型の一つなのですからね。ですが……少々、疑問ではありますね。何故、お嬢様は他の型ではなく、『唐竹』を好んで練習なされていたのですか？ 他の型は覚えなかったんですよね？」

「……え、ええ。そうよ。あたしは、他の型を覚えなかった。今までこの型しか練習してこなかったの」

「それは……何故でしょうか？」

「その、ええと……」

「？ お嬢様？」

「あたしが、他の型を選ばなかった、理由は……その……」

どことなく歯切れが悪そうな様子を見せると、ロザレナは唇を尖《とが》らせ、猫背になり、チラリと上目遣いで俺に視線を送ってくる。

「あの時の……アネットの剣がかっこよかったからよ。奴隷商団のボスを倒した時の、上段から放った剣の威力が……あの時のアネットの後ろ姿が……頭から離れなかったの。って、あー、もう！　貴方の剣に憧れを抱いたからよ！　何か文句でもあるわけ!?」

「お嬢様……」

生前、俺の使う【覇王剣】は、王国の人々に忌み嫌われていた。

人々を守るために使った力なのに、守ってきた民からは人間の領域から外れた力だと、お前の力は悪魔そのものだと、生物を殺すために生まれた呪われた力だと、散々なことを言われてきた。

だから、正直、ジェネディクトに【覇王剣】を使った、あの時。

俺は、ロザレナお嬢様に怖がられると、そう思っていた。

ジェネディクトから彼女を救っても、過去に何度も体験してきたあの怯《おび》えた目でまた同じように睨《にら》まれるのだと、そう思っていた。

だけど、彼女は……何も変わらずにいてくれた。

奴隷商団の一件が終わってベッドで目を開けた時、我が主人は俺の手をずっと握っていてくれたんだ。

そして、起きた時に、俺に優しく笑い掛けてくれた。

それだけで、俺は……どんなに救われたことか。

そして今、お嬢様が俺のこの忌まわしき力を「かっこよかった」と、憧れていると言ってくれたことに、俺は……思わず、目頭が熱くなってしまっていた。

「ア、アネット、どうしたの？　突然目元を押さえて……何処《どこ》か具合でも悪いの？」

「い、いえ……何でもありません。さっ、お嬢様。剣の練習を再開致しましょう！　まずは『唐竹』のことは一旦忘れて、他の型を覚えることに致しましょう。お嬢様はまだ、実践で剣技を覚える段階じゃないことが分かりましたので」

「えー！　そんなー！」

「落ち込まないでください。日が暮れるまで、私が指導してあげますから」

「他の型、かぁ。まぁ、良いけれど……じゃあ、稽古お願いね？　アネット」

「はい、喜んで」

そうして俺たちは紅《あか》い夕陽《ゆうひ》が山に沈むまで、剣の稽古に励んだ。

◇　◇　◇　◇　◇

「フン……ようやく帰ったか」

アネットとロザレナが去った後の修練場。

修練場の周りを囲む木々の枝の上に、一人の青年が寝そべっていた。

青年はボリボリと藍色の髪を掻《か》きむしると、木の枝から地面へと軽やかに飛び降りる。

そして腰の鞘《さや》から二本の刀を引き抜くと、木人形の前へと立ち、大きくため息を吐《つ》いた。

「さっきの連中はいったい何だったんだ？　昼寝中だったから最初の辺りはよく見ていなかったが……あの箒《ほうき》の素振り……どう見ても、素人まるだしのレベルだったように見えたぞ？　まったく、あんなド素人のお嬢様を入学させるなんて、この学校はいったい何を考えているのか。金さえ払えば誰でも聖騎士候補生にさせるということなのか？　フン、くだらないな」

そう口にして、青年は真っすぐに木人形へ刀を構える。

「まぁ、いい。あんな雑魚どもは無視して、オレは自分の鍛錬に専念――――ん？」

そして、青年は長い前髪の中にある瞳を、修練場の奥へと向ける。

そして、突如剣を放り捨てて走り出すと、修練場の奥にある砕け散った木人形の側《そば》に駆け寄り、しゃがみ込んだ。

その後、彼は動揺した様子で、地面に落ちている破片を拾い上げる。

「……な、なんだとっ!?　こ、こんなことが……こんなことがあってたまるか!!　あ、あり得るはずがない!!」

青年は叫び声を上げ、ギリッと歯を噛《か》み締める。

そして立ち上がると、破壊された木人形を見下ろして、再び大きく口を開いた。

「な、何故《なぜ》こいつが壊れているんだ!?　こいつはオレが手製で作った、中身にフレイダイヤ鉱石の鎧《よろい》を入れた木人形なんだぞっ!?　な、何で、粉々に……当代の【剣聖】ですら、完全に破壊するのは困難と言われる鉱石なんだぞ、こいつは！！！！」

その信じられない光景に、青年は魚のように口をパクパクと開けて、唖然《あぜん》とするしかなかった。

日も沈んできたのでロザレナとの稽古を終え、寮へと戻ると、玄関のフローリングの上に道着服姿の見知らぬ少女が正座して座っていた。

彼女は俺たちと目が合うと、まるで小動物の耳のように頭の上の二つのお団子髪をピョコッとさせる。

そしてその後、こちらにニマッとした、満面の笑みを向けてきた。

「ねぇねぇ！　君たちがレティキュラータス家御一行様だよね！　満月亭に入った新しい入居者の！　新入生の！」

「は、はい。その通りですが……？」

「うんうん！　やっぱりそうだよねっ！　おーいっ、オリヴィアせんぱーい!!　二人とも帰ってきたよーっ!!　ロザレナちゃんとアネットちゃんー!!」

その声を聞いてか、ぱたぱたとスリッパの音を立ててオリヴィアが玄関口に姿を見せる。

「あらあら、ジェシカちゃん、そんなに大きな声を発しなくとも聞こえていますよ～？それと、もうすぐ日も落ちるのですから、もう少し声量は抑えてくださいね～？」

「あっ、すいませんっ!!　つい道場にいた時の癖でっ!!　申し訳ないでござるっ!!」

「いや、あの、土下座なんてしなくても良いんですよ～？　そんなに怒っているわけじゃ

ないですから～」

「おっす!! 反省の意味を込めて、寮の外周を一回りしてきますっ!! とりゃあああぁぁぁぁぁぁぁぁぁぁぁっっっ!!」

「あっ、ちょっとジェシカちゃん!? 今から新入生歓迎会が始まるんですよ!? ……って、行っちゃいました」

俺たちの横を通り過ぎ、外へと走って行ったお団子少女に、オリヴィアは呆《あき》れたようにため息を吐く。

そんな彼女に、俺は先程から気になっている疑問を投げてみた。

「あの？ 彼女は？」

すると、オリヴィアはニコッと、柔和な微笑《ほほえ》みを俺に向けてくる。

「あの子は、ジェシカ・ロックベルトって名前の女の子です。貴方《あなた》たちと同じ、今年度から入る一期生の聖騎士候補生なんですよ～」

「ジェシカ・ロックベルト……？ ――って、は!? ロックベルト、だとぉッ!?」

俺はその名前に思わず声を荒げてしまう。

そんな俺の様子に、オリヴィアとロザレナは不思議そうに首を傾《かし》げた。

「ど、どうしたの？ アネット？ 急に大声を上げて……」

「あ、い、いえ、そ、その、申し訳ありません……。あの、オリヴィア先輩、ロックベルトって……あの子、『剣神』ハインライン・ロックベルトと何か縁がある子なのでしょうか？」

「あぁ、なるほど〜、そういう意味で驚いていたんですね〜。その通りですよ、アネットちゃん。彼女はかの『剣神』、【蒼焔剣《そうえんけん》】ハインライン・ロックベルト様の御孫《おまご》さんに当たる子なんです〜。凄《すご》いお爺様《じいさま》を持った女の子ですよね〜」

マジ、か……。

あのちょっとお馬鹿入ってそうな元気いっぱいお団子少女が……生前の俺の兄弟子、ハインライン・ロックベルトの孫だというのか……。

というかあの子、外見はまったく似てないな、あの熱血親父《おやじ》に。

どちらかというと、そうだな……ハインラインの妻の、一時期冒険者パーティを組んでいたこともあった……弓使いのレンジャー職のあの女に、似ていやがるな。

まったく、運命とは不思議なものだな。

まさかロザレナお嬢様と共に入学したこの学校に、あいつの孫娘がいるだなんて。

こんなことはまったく、予想していなかったことだ。

「ただいま戻りましたーっ!!」

「は、早っ!?　数分足らずで外周を一回りしてきたんですか〜っ!?」

「？　はい。十五周くらいはしてきましたっ!!　いっぱい走れて気持ちよかったですっ!!　押忍《おす》!!」

このハチャメチャ具合は……なるほど、確かにハインラインの血を思わせる部分だな。

あの男の鬱陶しいくらいの熱血さはちゃんと受け継いでいる、ということか。

また昔のようにあの暑苦しい馬鹿が傍《そば》にいることになると考えると、何だか辟易《へきえき》してくるものがあるぜ……。

「では、ジェシカちゃんも戻ってきたことですし、食堂に移動しましょうか～。これから満月亭の新入生歓迎会を開催しますよ～」

「やったー！　ご飯♪　ご飯♪」

「歓迎会を開いてくれるのね。楽しみね、アネット」

「そう、ですね……はい……」

「？　何だか元気ないわね。どうしたの？」

「アネット、元気がないの？　だったら走ると良いよ!!　頭空っぽにできて楽しいよ!!」

両手の拳を握りしめ、目をキラリと輝かせるお団子少女、ジェシカ。

うーん、暑苦しい。見た目は似てないがその中身は、あの熱血親父そのものだな。

「あははは……いえ、何でもないです。食堂へ行きましょうか、みなさん」

そうして俺は「ははは」と乾いた笑みを浮かべると、ロザレナと共に、オリヴィアとジェシカに続いて食堂へと向かって歩いて行った。

何処《どこ》か兄弟子を彷彿《ほうふつ》とさせる、目の前の少女に引き攣《つ》った笑みを浮かべながら。

◇　◇　◇　◇　◇

食堂に入ると、まず目に入ってきたのが、雁字搦《がんじがら》めにロープで椅子に縛り付けられ、ボールギャグを口に固定されている……マイスの姿だった。

「むぅーっ!!　むぅーっ!!」

「……えっと、何ですか、これ」

俺がそんな彼の姿に疑問の声を溢《こぼ》すと、隣に立ったオリヴィアは頬に手を当て、慈母のような微笑みを向けてくる。

「せっかくの歓迎会なのに、マイスくんがいないのは可哀想《かわいそう》ですから～。こうして、拘束したままここに連れてくることにしたんです～」

そう口にして、オリヴィアはマイスの口に入れられているボールギャグを取り外すと、目を細め、悪寒のするような冷たい笑みを浮かべる。

「マイスくん、流石《さすが》に反省しましたよね～？　もう、アネットちゃんに手を出さないことを誓えますか～？」

「ぷはっ!!　……ふっ、ふはははははは!!　いったい何を言っているのかね、眼帯の姫君！　俺の愛をこの程度のことで止められると思っているのなら、笑止！　このマイス・フレグガルト、必ずやメイドの姫君を我が手中に――――もがぁっ、ふがが っ！！！！」

「はい～、お口封じちゃいましょうね～。まったく、治癒魔法を駆使した拷問にも耐え抜くなんて、この男の性欲はどうなっているんですかね～。いっそのこと、去勢でもした方が良いのかしら？　でも、こんな脳みそチ○ポ男のアレなんて、見たくも触れたくもないし……うーん……」

「あ、あの、オリヴィア先輩……？」

「どうしたんですか？　アネットちゃん？」

「な、何だかこういった拷問めいたことに手慣れている雰囲気がありますが、その……」

「ん～？　あ、そうなんですよ～、私、聖騎士団の異端尋問官を目指していますから～。拷問はお手の物なんです～」

「異端、尋問官……」

「はい～。っと、あっ、そうだ！　三人とも、早く席についてください～。今、夕飯のお料理を運んできますからね～」

そう言って、オリヴィアは厨房《ちゅうぼう》の中へと消えて行く。

背後でぽけーっとして呆《ほう》けた顔をしているジェシカは置いておくとして……俺とロザレナは「むぅーむぅー」と叫び声を上げているマイスを横目に見ながら、若干引いた顔をして、彼が座っている反対側——向かい側のテーブル席へと腰掛けた。

「オ、オリヴィアさんって……何かお母様に似て、ほんわかしている雰囲気の人だと思っていたけれど……ちょっと怖い人なのね」

「そ、そうですね……あまり怒らせないようにした方が賢明なのかもしれません」

「ごっはんー♪　ごっはんー♪」

ジェシカは何故《なぜ》か拘束されたマイスの隣に躊躇《ちゆうちよ》なく座ると、その場所でフォークとナイフを両手に持ってトントンと机を叩《たた》いた。

ジェシカ嬢……君のその豪胆さはいったい何なんだ……。

空気の読めないアホの子なのか、それともマイスの状況を見ても何も感じない強い精神力を持っているのか……どちらにしても、まぁ、只者《ただもの》ではないな、この子……。

「はぁい～、お待たせしました～」

オリヴィアが大きなトレイを持って、食堂へと現れる。

そして彼女はゴトッとテーブルの上にトレイを載せると、その上に載せられている五人分の料理を慣れた手つきで配膳していく。

「はい、これ、私が作ったシチューなんです～。みなさん、食べてくださいね～」

「…………え？　い、いや、あ、あの、これ……」

思わず、これ、シチューなんですか？　と、聞いてしまいそうになってしまった。

だって、目の前に配膳されたその料理は……マグマのように煮え立つ、緑色のぶよぶよとした液状のもので……どう見ても、人の食べ物には見えなかったからだ。

「……ごくっ」

生唾を飲み込みながら、中に入っている謎の白い丸い具をスプーンで掬《すく》い上げてみる。

すると、それは……白く濁った大きな眼球だった。

その眼玉《めだま》は俺と目を合わせながら、ドロリとした緑色の汁を垂らしている。

「あ、あの、オリヴィア先輩……こ、これって……」

「あぁ、それは隠し味のゴブリンの眼玉なんです～。先週、実習で仕留めて来た獲物なんですよ～」

「た、食べられるの……？　これ……？」

ロザレナは顔面を青白くさせて、隣に座る俺へ視線を向けてきた。

俺も今までこんな料理は口にしたことが無かったので、唖然《あぜん》としたまま、お嬢様に向けて首を傾げるしかなかった。

「さっ！　みんな！　めしあがれー♪」

「……」

「……」

俺とロザレナは視線を交差させ、互いに言葉を発さずに、意志を共有する。

目の前に座るあのマイスのようになりたくなければ、今はこの料理を食べるしかない、と。

「い、いただきます……」

「い、いただくとするわ……」

そうして、俺たちは同時にスプーンで緑色の液体を掬い上げる。……その時だった。

突如ジェシカが、俺たちよりも先に行動に移したのだった。

「いっただきまーす!!　はむっ、もぐもぐっ……うん！　おいし……くなぁぁぁぁぁい！！！！　ぐふぁぁぁぁぁぁぁぁぁぁっ!?　な、何じゃこりゃぁぁぁぁぁぁぁぁぁぁ！！！！　何なのこの料理!?　死ぬ!!　喉が焼ける、い、痛い!!　た、助けてぇ、お爺《じい》ちゃ……ぐふっ」

目の前に座っていたジェシカが叫び声を上げながら、そのままテーブルに突っ伏した。

彼女の口からは大量の緑色のシチューが零《こぼ》れ落ちている。

白目を剝《む》き、絶対に年頃の女の子がしちゃいけないような表情をその顔に浮かべて……ジェシカは死んでいた。

目の前で起きたその惨状に、俺たちは当然シチューを口に運ぶのを止め、その場で口をパクパクとさせるしかできなくなっていた。

「ま、まぁ!?　ジェシカちゃん!?　ちょっと、大丈夫ですか!?」

「う、うぐぅ……水ぅ……みんなぁ、この料理を食べちゃダメだぁ……私のようにならない……で……」

「ジェシカちゃぁぁぁぁん！！！！」

聖騎士養成学校　第三学生寮『満月亭』　食堂。

毒飯で仕留めた側が、何故か被害者を抱きかかえ、悲しみの声を上げるという……訳が分からない光景が、そこには広がっていた。

◇　◇　◇　◇　◇

「本当にごめんなさいね、ロザレナちゃん、アネットちゃん、ジェシカちゃん。せっかくの新入生歓迎会だというのに、私のせいで、今夜の夕飯が無くなってしまって……」

席から立ち、深く頭を下げて、オリヴィアはこちらに心からの謝罪を見せてくる。

俺たち三人はというと、「あははは」と困ったように笑いながらも、そんな彼女に対して怒るようなこともなく。

優しく、彼女のその謝罪を受け入れていた。

「気にしないでください。ジェシカさんは大変だったかもしれませんが……私たちは特に被害はありませんでしたから。料理を作って歓迎してくれようとした、オリヴィア先輩の真心が私は素直に嬉《うれ》しいですよ」

「うぅ……アネットちゃんは優しいですね……。先輩として、私は自分が情けなくなってきますよ～」

ぐすっと鼻を啜《すす》りながら涙ぐむオリヴィア。

そんな彼女に「どうぞ」とハンカチを渡していると、横からロザレナが疑問の声を上げた。

「あの……さっきから気になっていたんですけど、この寮に寮母さんはいないのですか？普通、夕食って寮母さんが作るものですよね？」

お嬢様のその問いに、オリヴィアは未《いま》だ椅子に拘束されているマイスへと冷ややかな視線を向ける。

「そこの男が、この満月亭に来る寮母さんに片っ端から手を出してしまって……今、この学生寮には寮母さんがいないんです。繰り返される不純異性交遊に、聖騎士養成学校の学園長が直々に募集を止めてしまったので。満月亭のご飯は生徒自身が作らなきゃいけなくなったんです」

「え、えぇ……？」

寮母に次々手を出すとか……いや、あいつストライクゾーン広すぎやしないか？女なら抱ければそれで良いのか？　何なんだあの残念イケメン野郎は……。

俺はマイスに視線を向けながら、呆《あき》れたため息を吐《つ》く。

すると彼は、俺に対して優雅にウィンクなんてしてきやがった。

本当、不屈の精神力の男だな……その女に対しての執着心だけはドン引き越えて若干尊敬の念を抱くよ……生前の俺は生涯童貞だったからな……。

俺はマイスから視線を外し、立ち上がると、オリヴィアへと顔を向ける。

そんな俺に対して、オリヴィアは首を傾《かし》げ、不思議そうな表情を向けてきた。

「アネットちゃん？」

「あの、食材ってまだ残っていますか？　ゴブリンの眼玉とかじゃなく、まともな野菜とか、そういったものがあると嬉しいのですが」

「え、ええ、あるにはありますけど……どうするんですか？」

「御夕飯《おゆうはん》、作ろうかと思いまして。ロザレナお嬢様、今から私はお部屋に戻って、神具たちを取ってこようと思います。よろしいでしょうか？」

「神具って……ただの調理器具でしょ？」

そう言って呆れたため息を吐くロザレナ。

そんな俺たち二人を交互に見つめた後。オリヴィアはハッとして、驚きの声を上げた。

「あっ！　も、もしかしてアネットちゃん、お料理ができるんですか!?」

「はい。私がお仕えする御家《おいえ》……レティキュラータス家の御屋敷《おやしき》では、料理長として、それなりに研鑽《けんさん》を積んできましたので。料理にはちょっぴり自信があるんですよ」

そう口にして、俺はオリヴィアに微笑を向けると、三階にある自室へと向かって歩みを進めて行った。

◇　◇　◇　◇　◇

「……それでは厨房に案内していただけますか？　オリヴィア先輩」

「は、はい！」

調理道具一式が入ったケースを手に持ち、食堂に戻った後。

俺はオリヴィアの案内で、厨房へと入って行った。

厨房は、レティキュラータス家と比べればこぢんまりとしたものだった。

けれど、オーブンやコンロなどの器具が充実しており、学生寮にしては上等なものと言える水準であった。

俺はとりあえず、どんな食材があるのか……壁際に設置されていた、食料を冷凍貯蔵できる魔道具《マジックアイテム》、『アイスボックス』を開けてみる。

……ふむ。フランシアリーフに、シュルコフの実、ジャガイモ、サハギンの尾、ミルク、チーズ、バター、後は基本的な調味料一式か。外の籠にはパンが六つ、と。

豪勢な料理、とまではいかないが、それなりに簡単なものは作れそうだな。

シチューの元になった原材料を考えれば……乳製品料理を選択するのが無難だろうか。

俺はここにある食材でメニューを想像し、その場で献立を組み立ててみる。

すると、その時。恐る恐るといった様子で、オリヴィアが隣から声を掛けてきた。

「あ、あの、アネットちゃん、どうですか？　何か作れそうですか？」

「……はい、お任せください。そうだ、エプロンをお借りしても？」

「は、はいっ！　どうぞっ！」

オリヴィアが慌てて外したそのエプロンを受け取り、身に着ける。

そして俺はポニーテールが外に出るようにして、頭に三角巾を着けた。

腕捲《うでまく》りをすると、ケースの中から神具たちを取り出し、愛用のナイフを片手に不敵な笑みを浮かべる。

「さて……【覇王剣】の実力、見せてやるとしますか」

こうして、覇王剣もとい覇王軒の剣聖クッキング劇場が幕を開けるのだった。

◇　◇　◇　◇　◇

「お、おいっっしぃ〜〜〜〜!!」

オリヴィアは目を爛々《らんらん》と輝かせ、俺の作ったグラタンを美味《おい》しそうに頬張る。

その頬は紅《あか》く染まり、口元は幸せそうな笑みが浮かんでいた。

「こ、これ、すっごく美味しいですよ、アネットちゃん〜!!　こんな美味しいグラタン、食べたことないです〜!!」

「ふふん。どうやらうちのメイドの凄《すご》さ、分かってもらえたようね！」

「うまっ！　うまっ！　さっきのシチューが帳消しになる美味《うま》さだよ！　アネット！」

「そうでしょう！　そうでしょう！　ジェシカ・ロックベルト、存分にアネットの凄さを実感すると良いわ！」

「……何で、ロザレナが誇らしげなの？　アネットが誇らしげになるのなら分かるけど？」

「う、うるさいわねっ！　アネットはあたしのものなのだから、主人として鼻が高いのよっ！」

和気藹々《わきあいあい》と、俺の作ったグラタンを頬張る、満月亭の生徒たち。

俺はそんな彼女たちの様子に、思わず穏やかな笑みを浮かべてしまった。

「喜んでもらえて何よりです」

そう言って、俺も自分で作ったグラタンを口に運んでみる。

もぐもぐもぐ……うーむ、自分としては、百点中八十点くらいだろうか。

マグレットにこれを食べさせたら、あまり良い感想は貰《もら》えそうにないだろうな。

まぁ、有り合わせのもので作ったと考えれば、上等なものだとは言えるか。

そう、自己採点をしていると……向かいの席に座るオリヴィアが俺に満面の笑みを向けてきた。

「本当、アネットちゃんは凄いですよ～!!　私、お料理を作るのが好きで、頑張って作ろうとはするんですけど……さっき見た通り、全然ダメダメで～……。こんな美味しいお料理を作れちゃうアネットちゃんのこと、すっごく尊敬しちゃいます～」

「いえいえ。私には腕の良い先生がいましたからね。元々、私もそんなに料理の腕は良くなかったんですよ。ですから、オリヴィア先輩も良い先生に巡り合えたら、きっと素晴らしい料理を作れるようになるはずです」

「良い、先生……」

スプーンを口に当てがったまま、オリヴィアは神妙な表情を浮かべる。

そして、俺へと真剣な顔を向けてくると、静かに声を発した。

「あの、アネットちゃん……無理を承知でお願いするのですが……時折で良いので、私の料理の先生になってはくれないでしょうか？」

「えっ？　料理の先生、ですか？」

「はい。ダメ……でしょうか？」

不安そうにこちらを見つめる眼帯少女に、俺はうーんと、思わず逡巡《しゅんじゅん》してしまう。

そしてその後、雇い主であるロザレナへとチラリと視線を向けてみた。

すると彼女はこちらの視線に気付き、にこやかな笑みを返してくる。

「別に良いんじゃない？　貴方《あなた》だって、この学校の生徒として、交友関係を構築した方が良いと思うもの。オリヴィアさんだったら、仲良くなっても別に問題は無いと思うわ。……ただ、浮気は絶対にしちゃダメだけど」

浮気って……いつから俺はお嬢様とそんな関係になったのですか……。

まぁ、子供の頃、キ……をされてしまっているから、現状、何と言って良いのか分からない関係性ではあるけども。

俺は小さく息を吐いた後、オリヴィアへと視線を向け直す。

そして、不安そうにしている彼女に答えを出した。

「本当に私でよろしいのでしょうか？　私は、料理の先生ができる器ではないと思いますよ？」

「うんッ!!　アネットちゃんが良いんです～!!　ぜひ、私の先生になってください～!!」

「分かりました。お嬢様のお世話をしている業務時間外で良ければ、一緒に料理をしましょう、オリヴィア先輩」

「やったぁ!!　嬉しいです～!!　アネットちゃん～!!」

俺の手を握って、嬉しそうに微笑《ほほえ》むオリヴィア。

お、思ったよりも力強いな、この子。手が、ミシミシいっているのだが……。

俺とオリヴィアが手を握り合うその光景にロザレナは眉根をピク付かせるが、特に何も言葉を発することはしなかった。

「ふふっ。やっぱり、アネットちゃんは私の幼馴染《おさなじみ》によく似ています～。優しくて、頼り甲斐《がい》があって……実は、最初に会った時から、そう思っていたんですよ～？」

「そう、なんですか？」

「はい。もう、今は亡き人なのですが……私の婚約者だった、ギルフォード・フォン・オフィアーヌに……アネットちゃんはとってもよく似ています」

「オフィアーヌ……？」

それって、四大騎士公……オフィアーヌ家のことか？

代々王国の財務卿《きょう》を担っている一族で、優れた魔法剣士を多く輩出しているという、あの……？

俺が彼女の言葉に首を傾げていると、横からある男の声が聞こえてくる。

「ハッハッハー！　流石《さすが》はこの俺が認めたメイドの姫君だ！　こんなに美味い料理を作れるとは……はふっはぶっもぐもぐ……ごくん、うん、ますます俺の妻にしたくなったぞ!!」

「はぁ!?　あんた、何あたしのグラタンの残りを勝手に食べているのよ!?　というか、口に嵌《は》めていたボールギャグはどうしたのよ!?」

「あんなもの、この鍛え抜かれた白い歯の敵ではないのさ、レティキュラータスの姫君よ」

そう言って、ロザレナの向かいの席で白い歯を見せて笑みを浮かべるイケメン男。

そんな彼に対して、隣の席に座るオリヴィアはギリッと歯ぎしりをした。

「……脳みそチ〇ポ男が……今、私とアネットちゃんが友情を確認し合っているというのに……邪魔しないでくれますか～？　次はその自慢の白い歯、全部ペンチで引っこ抜きますよ～？」

こうして、何処《どこ》か不穏な空気が流れながらも、満月亭の夕飯の席は温かい空気が流れて行った。

これからこの三人と、俺たちはここで暮らしていくことになるのか。

満月亭の監督生――ほわほわした空気ながらも時折ドSな気配を見せる、オリヴィア・アイスクラウン。

満月亭の問題児――女好きの金髪の残念イケメン男、マイス・フレグガルト。

そして、生前の兄弟子ハインラインの孫娘である――アホの子、ジェシカ・ロックベルト。

何だかこれから先、レティキュラータス家の御屋敷と変わらないくらい、とても賑《にぎ》やかな生活になりそうだな。

そう思いながら……俺は彼女たちの姿を視界に納めて、笑みを浮かべた。

◇　◇　◇　◇　◇

夜遅くまで歓迎会は続き、オリヴィアやジェシカと会話を弾ませ、時折拘束されたまま隙を見ては俺を口説こうと声を掛けてくるマイスをスルーし……もうそろそろお開きかなと皆が思い始めた、午後二十二時を回った頃。

食堂に、突如、藍色の髪の小柄な青年が姿を現した。

片目を長い前髪で覆い隠したその青年の首元には、赤褐色のマフラーが巻かれている。

そして腰のベルトには二本の刀を括《くく》りつけており、その鞘《さや》は使い古したかのようにボロボロになっていた。

「フン……相変わらず馴《な》れ合いが好きなようだな、オリヴィア」

テーブルに座って談笑していた俺たちの姿を見て、彼はぶっきらぼうにそう言葉を発する。

そんな彼に対して、オリヴィアは穏やかな微笑みを浮かべた。

「あら、おかえりなさい、グレイくん。今日も遅くまで剣の訓練をしていたんですか～？」

「当然だろう。オレたちは聖騎士候補生なんだ。剣を振る以外に、この学校でやることがあるというのか？」

「私は、あると思いますよ～？　学校の人たちと交流を深めるのも、大切なことだと思いますので～」

「フン、甘い考えをする奴《やつ》だ。貴様のような馴れ合いを良しとする女が、オレと同じクラスではなかったこと、喜ばしいことこの上ないな」

そう言って彼は俺とロザレナに鋭い視線を向けると、静かに口を開く。

「……おい、貴様ら。あの修練場で、オレの木人形を破壊した奴を知らないか？」

「木人形？　それならアネッ――――」

「いいえ、知りません。いったい何のことでしょうか？」

ロザレナの言葉に被《かぶ》せるようにして、俺はそう答える。

隣に座っているロザレナは不思議そうな顔をしてチラリとこちらに視線を向けてきたが、俺の意図を汲《く》んでくれたのか。話を合わせようとしてそのまま口を噤《つぐ》んだ。

「木人形～？　それって、修練場でグレイくんが何体も立てていた、あの不気味な人形のことですか～？」

「そうだ。知らない者もいるだろうから一先《ひとま》ず説明させてもらうが……オレはあの人形の一体一体の中身に鎧《よろい》を入れ、一列ごとにその硬度を上げていっている。銅、鉄、銀、金、ミスリル、アダマンチウム、フレイダイヤ、といった風にな」

その発言に、マイスは呆《あき》れたような表情を浮かべ、肩を竦《すく》めた。

「まったく、多額の金をかけて、フレイダイヤ入りの木人形なんてものを作るのは王国広しといえどもお前くらいのものさ、グレイ。そんなものに剣を振ったら、逆に剣が折れてしまうだろうに。バカなのかね？　君は？」

「フン。常に女のことしか考えていないお前に、オレの修練の目的など到底理解はできまい」

そう言って一呼吸挟むと、青年は再び口を開く。

「話を戻すが……オレが作った、その特注のフレイダイヤの木人形。先程見たら、粉々になってブチ壊されていたんだ」

「え？」「……は？」「んへ？」

オリヴィアとマイス、そしてジェシカが、その発言に困惑した声を漏らす。

俺も合わせて驚いた演技をする。

ロザレナはというと……単語の意味が理解できていないのか、呆《ほう》けた顔で首を傾《かし》げていた。

「フレイダイヤ？って、いったい何なのかしら？」

彼女のそんな様子に、グレイと呼ばれた青年はやれやれと首を振り、呆れたように目を伏せる。

「フレイダイヤは世界最高硬度を持つ金属の呼称だ。あの鉱石を粉々に破壊できる者など、オレが知る限り、この王国には誰一人としていない。今代の『剣聖』リトリシア・ブルシュトロームであろうと、フレイダイヤには傷を付けるので精一杯だという程らしいからな」

「そ、そうなのっ!?　す、凄いじゃない!!　アネッ――――」

「そうですね、お嬢様。凄い硬い鉱石なんですね」

「あっ、そ、そうね」

慌てて口元を手で押さえ、口を噤むロザレナ。

青年はそんな彼女に何処か違和感を覚えたのか、眉をひそめるが、特に疑問の声を上げることもなく。

そのまま全員の顔を見回すと、短く息を吐いた。

「やはり、あの人形を壊した奴の正体は誰も知らない、か。……フン、まぁいい。フレイダイヤを壊せる実力を持った人間が、新しくこの学校に入ったことが分かっただけでも収穫だ」

そう言って、彼は静かな足音を立てて、食堂から去って行った。

そうして彼が去った後、マイスはやれやれとため息を溢《こぼ》し、口を開く。

「相変わらず、他人とは一切関わりを持とうとしない男のようだな、奴は」

「そうですね～。根は悪い子じゃないんですけど……」

「あの、オリヴィア先輩。さっきのマフラーの彼は、この寮に住んでいる先輩なんですか？」

俺がそう聞くと、オリヴィアは慌てた様子で答える。

「そ、そうでした！　新入生の三人に紹介するのが遅れていましたね！　彼の名前は、グレイレウス・ローゼン・アレクサンドロス。王国の南に領地を構える、アレクサンドロス男爵家の子息で、私とマイスくんと同期の三期生の子なんですよ～」

アレクサンドロス男爵家、か。

確か、南の国境付近の山脈に住まう新興貴族の一族だったたか。

鉱山地帯に住む鉱山族《ドワーフ》の里と国交を開いた功績から、八十年程前に王家から男爵位を賜った、まだ家としてはそんなに歴史が長くない貴族の一族。

なるほど、フレイダイヤなどの高級な鉱石を木人形に入れて使えているのも、多様な鉱石を扱う鉱山族《ドワーフ》と密接な立ち位置にある彼の家の力のおかげなのかもしれないな。

俺は顎に手を当て、そう一人で納得すると、再びオリヴィアに視線を向ける。

「グレイレウス先輩、ですか。オリヴィア先輩やマイス先輩と違って、彼は何処か人を寄せ付けない雰囲気を持った方ですね」

「そうですね～。私たちもこの寮で三年間、一緒に暮らしているんですけど、あんまりお話をする機会はなかったような気がしますね～」

「ハッハッハー！　あの男は女性よりも剣が好きな変態だからな！　あんまり近寄らない方が良いぞ、メイドの姫君！」

「いや……絶対に貴方《あなた》の方が変態だと思うんですけど……」

「ふむ、もしかしてそれは照れ隠しという奴かな？　まったく、可愛《かわい》い奴だな君は！　良し、今夜俺の部屋に来ると良い！　夜が明けるまで、共に愛を紡ごうではないか！」

「はい、ロザレナちゃん、アネットちゃん、ジェシカちゃん、今日の歓迎会はここまでです～。後はこの男の始末はオリヴィア先輩に任せて、みんなは早く部屋に戻ってくださいね～」

「ん？　おい、眼帯の姫君、君はいったい何を持ち出して――――ペンチ、だと……？」

「さ、行きましょう、アネット」

「そうですね、お嬢様。今日は早く休むとしましょう」

「ん～、ねむねむ～」

俺たち三人はオリヴィアとマイスを残し、食堂を去る。

その後、「ぎぃあああああ」という誰かの叫び声を最後に、新入生歓迎会は終わりを告げたのだった。

◇　◇　◇　◇　◇

「じゃあ、私の部屋こっちだからー！　おやすみなさい、ロザレナ、アネット！」

「はい、おやすみなさい、ジェシカさん」

「おやすみ」

三階で、俺たちとは反対方向へと歩いて行くジェシカの背中を見送っていると、ふいにロザレナが神妙な顔で隣から声を掛けてきた。

「アネット、ちょっと良いかしら。聞きたいことがあるの」

「ええ。勿論《もちろん》です。では、ロザレナお嬢様のお部屋に向かいましょうか」

「分かったわ」

その後、俺はロザレナの後をついて行き、彼女の部屋の前へと辿《たど》り着く。

ガチャリと扉を開け、「入りなさい」と言われた後、俺はそのまま部屋の中へと入って行った。

「それで？　何で貴方はさっき、あんな嘘《うそ》を吐《つ》いたの？」

ドサッとベッドに座ると、足を組んで何処《どこ》か不機嫌そうにそう口にするロザレナ。

俺はお嬢様の前に立ったまま、そんな彼女に向けてぎこちなく笑みを浮かべた。

「あんな嘘、というのは……私が木人形を破壊した件を黙っていたことでしょうか？」

「そうよ。アネットがやったことだって、素直に白状しちゃえば良かったじゃない」

「お嬢様……一つ、これからの私の考えを聞いてくださいますか？」

「何かしら」

これは、寮に入る前から、ずっと考えていたことだ。

きっと、彼女は凄《すご》く反対するのだろうが……これだけはどうしても譲れない。

俺は深く息を吸って、吐き出した後。ロザレナの目を見つめて口を開く。

「お嬢様。私はこれからこの学校で……あまり目立ったことをせずに、ただのメイドとして、生活を送っていこうと思います」

「目立ったことを、しない？」

「ええ。剣の腕も、表立って晒《さら》さないようにするつもりです。ですから……先程の木人形の件は失策でした。切った後に気付いたのですが、まさか、中にフレイダイヤ鉱石の鎧が入っていただなんて……まったく予期していなかったことでした」

「だったら、木人形の破片を回収して隠してしまえば良かったじゃない」

「そうなると、今度は誰がフレイダイヤ鉱石の鎧を盗んだんだ、ということになります。あの鉱石の価値は金貨五十枚はくだらないものですので」

「そっか……だからアネット、あの時、人形の残骸を放置していったんだ。綺麗《きれい》好きで整理整頓好きなアネットがゴミを放置していくなんて、何かおかしいなと思っていたんだけど、あれはそういう……」

そう言って納得したように頷《うなず》くと、今度はジト目をこちらに向けてくるロザレナ。

口をへの字に曲げていることから見て、不満ありげなのが明白だ。

「……それで？　何で貴方は、この学校で実力を隠そうとしているの？」

「正直に申し上げますと、私は、殺伐とした剣の世界で生きたくはないのです。もし、私がこの学校で実力の全てを開示したら……いったいどうなると思いますか？」

「えー？　そりゃ、有名人になるんじゃないの？　さっきのあの感じ悪い人が言っていたじゃない。王国でフレイダイヤ鉱石を粉々にできる剣士は誰一人いないって。間違いなく、アネットは次代の【剣聖】の候補に挙がると思うわ」

「そうですね。その通りです」

「？　何も悪いことはないと思うのだけれど？」

「いいえ。そうなると……恐らく私は、お嬢様のメイドとして生きていくことができなくなってしまいます」

「え……？」

「王国の人々は、お嬢様のメイドでありたい私に、きっとこう言うことでしょう。【剣聖】に相応《ふさわ》しい実力があるのに、何故《なぜ》、この国のために剣を振るわないのか。力を持つ者の責務として何故、弱者を守らないのか、と」

「……」

「そうなりますと、恐らく……レティキュラータス家の御屋敷《おやしき》にも帰ることができなくなってしまいます。私は強者の責務として、強制的に戦場に駆り出されるでしょうね」

そう言うと、ロザレナは難しい顔をして、考え込む。

そして、結論が出たのか、俺に真っすぐに視線を向けてきた。

「とりあえず、話は分かったわ。貴方が実力を隠してこの学校で生活を送ること……それを許可してあげる」

「ありがとうございます、お嬢様」

「でも、これだけは約束して。もし、いつかあたしがこの国の剣士の頂点【剣聖】の座に到達した、その時は……全力をもってあたしと戦いなさい。一切の加減無しに、貴方の実力を衆目の前に解き放ちなさい」

その紅《あか》い瞳は、ギラギラと、獲物を狩る猛獣のように輝いていた。

彼女のその瞳の色は五年前と何も変わらない。果てなき頂に挑む、挑戦者の眼《め》だ。

お嬢様はきっと、この四年間の学校生活の中で、本気で自分が【剣聖】に近付けると思っているのだろう。

現時点では素人レベルでしか剣を振れないというのに、自分が頂点に立つことに確信を抱いている。

そして、俺の全力の剣、【覇王剣】をその眼で見たにも拘《かか》わらず、俺と戦うことを強く切望している。

恐らく大抵の人間は、彼女を無謀なバカと罵るだろうが、俺はけっして彼女をバカだとは思わない。

何故なら俺は、お嬢様だったらもしかしたら本当に、この俺を倒せる器になれるんじゃないかと……ロザレナのその何者にも恐れぬ猛獣のような瞳を見て、不可思議な予感を覚えてしまっているからだ。

「分かりました、お嬢様。貴方がもし、【剣聖】に見合った実力に到達された、その時は……この俺が全力をもって相手をしてやる」

そう言うと、彼女は身震いしながらも不敵な笑みを浮かべて、俺の顔をジッと見つめた。

そしてベッドから立ち上がると、俺に対して手を差し出してくる。

「ええ。約束よ、アネット。これからの四年間、あたしは絶対に強くなってみせる。貴方の実力をこの世界に知らしめるために。そして、あたしが貴方を超え、真の頂に立つために」

固く手を握り、握手を交わす。

――――きっと、俺は、この時の出来事を生涯忘れないだろう。

そんな絶対的な確信が、何故かは分からないが、ある。

この少女がいつの日か、この俺と戦う、その時――――俺は、アネット・イークウェスではなく、アーノイック・ブルシュトロームとして、全力をもって彼女を迎え撃つ。

その結果が果たしてどんなものになるのかは分からないが、いつか必ず彼女とは戦う運命にあるということは、何故だか確信を持って言えた。

第3章　一学期・学園編

入学式と不穏な影

Chapter.3

ロザレナといつか共に戦うことを誓い合った、次の日。

ついに迎えた、入学式当日の朝。

窓から差し込む日の光に当たりながら目を覚ました俺は、寝惚《ねぼ》け眼《まなこ》を擦《こす》って上体を起こした。

そして「ふわぁ」と口元に手を当て、大きな欠伸《あくび》を漏らしながらベッドから降りると、寝間着のボタンを外し、ズボンを脱いで、下着姿となる。

ふいに、壁際に立て掛けてある姿見が目に入った。

するとそこには、栗毛《くりげ》色の髪の毛が腰まで伸び、グラマラスで肉感的な艶《なま》めかしい身体《からだ》をした半裸の少女が立っていた。

「この身体になってから、もう十五年、か」

今まで色々なことがあったが……慣れればどうってことはないものだな。

メイドに転生してから俺は、炊事洗濯掃除と、大体のことはできるようになった。

女性の身体になって最初こそは色々と驚くことは多かったが……まぁ今となっては別段困ったことは何もない。

……強いて言えば、女性用のトイレと風呂に入らなければならない点は、問題といえるか。

俺、中身は四十八歳の良い歳《とし》したオッサンなわけだし。

「というか、俺、これからこの学生寮でも、女子トイレや女子風呂に入らなきゃならねぇんだよな……はぁ……気が滅入《めい》ってくるぜ……」

風呂に関しては人がいない、深夜帯に入れば良いのだろうが……トイレは……中に誰も居ないことを窺《うかが》ってからじゃないと駄目だな。

万が一にも、うら若き女性の肌を見るなんてことは、絶対にあってはいけない。

漢《おとこ》として、そこの線引きはしっかりと頭に叩《たた》き込んでおかなければならないのは当然だろう。

「よし、そろそろ着替えるか。……っと、新しい下着はどこだっけかな」

旅行鞄《かばん》から洗濯済みの白いブラジャーとパンツを取り出し、それを身に着ける。

そして、クローゼットを開け、予《あらかじ》め支給されていた制服の掛かったハンガーを手に取った。

「別に、これには着替えなくても良いんだよな」

学校案内パンフレットには、生徒の付き添いで入学した使用人は制服を身に着けなくても良いと、そう書いてあった。

だから、俺は制服のハンガーを元に戻し、メイド服の掛かったハンガーを手に取り直し、いつもの一張羅に着替えていく。

「ふぅ。今日も頑張るか」

そうしてメイド服に着替え終え、ポニーテールを結び終えた後。

頬をペチンと叩き、俺は部屋を出た。


廊下に出ると、向かいにあるのはお嬢様のお部屋だ。

学校側が意図を汲《く》んでくれたのか、将又《はたまた》オリヴィアが配慮してくれたのかは分からないが……俺たちの部屋を近くにしてもらえたのは、本当に有難いな。

すぐにお嬢様のお世話をしに行けるし、こうして、朝の挨拶も簡単に行える。

俺は扉をコンコンと二回程ノックして、扉越しにお嬢様へと声を掛けた。

「おはようございます、お嬢様。朝ですよ」

「……」

返事はない。俺は首を傾《かし》げつつ、再度、ノックをして声を掛ける。

「お嬢様ー。今日は入学式ですよー、起きてくださいー」

大きな声でそう言葉を放つが、変わらず無反応。

俺は大きくため息を溢《こぼ》しつつ、ドアノブに手を掛けた。

「お嬢様……失礼致します」

そう忠告しておき、ドアノブを押して部屋の中へと入る。

すると、そこには……信じられない光景が広がっていた。

「え、えぇぇ……？」

ベッドの上にあるのは、毛布を被《かぶ》って仰向《あおむ》けになって眠るお嬢様の姿だ。

それだけ見れば普通の光景だろう。変なところは一つもない。

問題は……彼女が眠るベッドの下に、深紅のネグリジェと、脱いだ下着が無造作に転がっていたことだ。

この寝間着は、昨晩、就寝の挨拶に伺った際に彼女が身に着けていたもの。

ということは、つまり……お嬢様は今、素っ裸で眠っている、ということに他ならない。

「裸族じゃないんですから……服くらい着て寝てくださいよ……」

俺は視線を横に逸《そ》らしつつ、呆《あき》れたため息を吐《つ》く。

彼女は子供の時も寝相が酷《ひど》く、よくものを散らかす女の子だったが……これは間違いなく悪化したな。

どう見ても今のお嬢様は、貴族のご令嬢の姿ではない。

俺は素っ裸で眠るお嬢様の姿に再度大きくため息を溢し、彼女へと声を掛ける。

「お嬢様。起きてください。朝ですよ」

そう声を掛けると、お嬢様は「んん……」と艶めかしい寝息と共に寝返りを打った。

些細《ささい》な動きでも、彼女の大事な部分が見えそうになってしまい、俺は思わず視線を逸らしてしまう。正直言って、今のお嬢様の姿は直視できそうにない。

（とはいえ……このままでは入学式に遅刻してしまうしな……）

俺はボリボリと後頭部を掻《か》いた後、意を決して、ベッドの傍《そば》へと近寄る。

勿論《もちろん》、視線は横に向けたままで、だ。

「お嬢様。起きてくださいい朝ですよ」

「くぅー……くぅー……」

「入学式早々、学校に遅刻したらどうするんですか。早く起きてください！」

彼女の肩を揺らそうと、恐る恐る手を伸ばした――その時だった。

突如お嬢様は右手を伸ばし、俺の腕をがっしりと掴《つか》んでくる。

そして、思いっきり俺の腕を引っ張ると、そのままベッドの中へと引きずり込んできたのだった。

「ちょ、お、お嬢様!?　うわぁっ!?」

俺はドサッと、ベッドの上に横たわる。

目と鼻の先にあるのは、お嬢様の綺麗《きれい》なお顔だ。

目を閉じ、静かな寝息を立てる彼女のその姿に……俺は思わず、見惚《みと》れて声を失ってしまう。

「……すぅーすぅー……」

この人は、普段は男勝りで暴力的な性格をしているが、黙っていれば……とても美しい御人《おひと》なんだよな。

端整な顔立ちをしていて、睫毛《まつげ》が長く、鼻も高い。

美しいドレスを身に纏《まと》い、化粧をして社交界に赴けば、ひっきりなしに殿方から声を掛けられまくること間違いなしだろう。

……何で、その光景を想像して、俺の胸はズキリと痛むのだろうか。

レティキュラータス家のことを思えば、お嬢様が男性にモテることは、間違いなく良いことのはずなのに。

俺はただのメイドなのだから、主人の幸せを祝福するのが筋というものだろう。

「んん……あ、れ……？」

ゆっくりとお嬢様の目が開かれる。

そして、完全に目が開かれると……お嬢様はパチパチと瞼《まぶた》を数回瞬かせる。

俺とお嬢様は、キスでもするかのような至近距離で、静かに見つめ合っていた。

「……」

「……」

「……」

「……」

「き……」

「え？」

「きゃぁぁぁぁぁぁぁぁぁぁぁぁぁぁぁぁぁぁっ!!」

「ちょ、ええっ!?」

お嬢様は突如悲鳴を上げると、俺の肩を両手で押して、ベッドから叩き落とした。

ベッドから落とされた俺は、そのままゴロゴロと丸太のように転がっていき——部屋の奥にあるクローゼットへと勢いよくぶつかっていく。

「ドシーン」と盛大に後頭部をぶつけた後、俺は頭を摩《さす》りながら、フラフラと立ち上がった。

「い、痛たたた……お、お嬢様、何もベッドから叩き落とすことはないじゃないですか！」

「う、うるさいうるさいうるさーいっっ!!　な、何でアネットがあたしと同じベッドで寝ているのよ!!　へ、変態!!　変態メイド!!」

ロザレナは起き上がると、毛布で身体を隠し、顔を真っ赤にさせながら俺を睨《にら》み付けてくる。

自分から俺をベッドの中に引きずり込んでおいて逆ギレされるとは……理不尽なことこの上ない。

「まったくの冤罪《えんざい》ですよ、お嬢様。朝のご挨拶に赴いたら、貴方様《あなたさま》が私をベッドの中へと引きずり込んできたんです。この件に関して私は、何も関与しておりません」

「……見た？」

「はい？」

「だから……あ、あたしの身体、見たかって聞いているの！」

唇を尖《とが》らせて、俺にジト目を向けてくる半裸のお嬢様。

俺は呆れた笑みを浮かべた後、頭を横に振り、肩を竦《すく》めてみせた。

「見ていませんよ。そもそも何故《なぜ》、そんなに恥ずかしがる必要があるのでしょうか？　私たち、女同士なんですし、それに……以前一緒にお風呂に入った際には、その、お嬢様、堂々としていらっしゃったじゃないですか？」

「あ、あれは……み、見られると分かっている時と、不意打ちは違うのよ。あと、女同士なら大丈夫って言うけど……アネットには、その……常に綺麗な自分を見せたい、というか……」

顔を俯《うつむ》かせ、ごにょごにょと口ごもるお嬢様。

そんな彼女に首を傾げていると……お嬢様は顔を上げ、枕を手に取った。

「な、何でもないわよ!!　は、早く出て行きなさい、変態メイド～!!」

顔に目掛け枕を投げられる。俺はそれを、軽く頭を横に反らすことで避《よ》けてみせた。

「お嬢様。枕は投げるものではありません。立派な淑女になるためには、もう少し、乱暴な面を押さえていただかないと――」

「おりゃぁーっ!!」

今度はスタンドライトを手に取り、俺に放り投げてくるお嬢様。

……そろそろ退散した方が良さそうだな。これ以上ここに居たら、俺の掃除の仕事が増えかねない。

「では、失礼致しますね、お嬢様」

俺は投げられたスタンドライトをキャッチして、深くお辞儀をする。

その後も何かを背中に投げられるが、全て回避しつつ、俺は部屋の外へと出た。

◇　◇　◇　◇　◇

部屋の前で待つこと数十分。扉が開くと、そこから制服姿のお嬢様が姿を現した。

お嬢様はこちらをジロリと睨み付けてくると、フンと鼻を鳴らして前を歩いて行く。

学園の制服が似合っていることを褒め称《たた》えたかったのだが……まだ、機嫌は直っていないようだな。

俺はふぅと短くため息を吐いた後。

不機嫌そうに廊下を歩く我が主人の後を、静かについて行った。

◇　◇　◇　◇　◇

一階の食堂に辿《たど》り着くと、俺とロザレナは二人並んで席に着く。

向かいの席には、既にジェシカとマイス、グレイレウスの姿があった。

ジェシカはぱぁっと顔を輝かせ、マイスは前髪に櫛《くし》を通しながら、それぞれ俺たちに朝の挨拶をしてくる。

「おはよー、ロザレナ、アネット！」

「ハッハッハー！　今日も麗しい姿だな、メイドの姫君よ！」

「おはようございます、ジェシカさん、マイス先輩」

「おはよう」

俺たち主従がそう挨拶を返すと、ジェシカが身を乗り出して、コソコソと小声で話し掛けてきた。

「ねーねー、二人とも。今日の朝食って、どうなると思う……？」

「？　朝食？　何か気になることでもあるのかしら、ジェシカ？」

「や、だってさ。昨日の晩御飯のことを考えると、やっぱり今日も……」

「あ、あの、これ、朝ごはんです～」

その時。キッチンからオリヴィアが姿を現し、恐る恐るといった様子で俺たち五人に近付いてきた。

そして彼女は手に持っているトレイの上から、六人分の朝食を配膳していった。

今日の朝食は、フレンチトースト……のようなものだった。

昨日、夕食を終え、ロザレナとの会話を済ませた後。凝ったレシピのいらないフレンチトーストくらいなら料理下手な彼女でも作れるだろうと、アイスボックスにあった材料を使って教えてみたのだが……彼女は俺が思う想像の十倍、超が付くほどの不器用な人間だった。

ボウルに卵液と砂糖と牛乳を入れて混ぜようとしたら、ガシャーンと盛大に中身をブチまけ、パンをひっくり返そうとフライパンを上へ傾けた時は、勢いよくパンを空中に放り投げてしまう始末。

あまり深くは聞いていないのだが、どうやら彼女は生まれ付き持っている、ある『加護』のせいで、上手《うま》く力のコントロールができないのだそうだ。

それ故に、料理などの細かい作業が大の苦手らしく、本人はそのことに対して酷く頭を悩ませている様子だった。

「き、昨日、アネットちゃんに教わった通りに作ってみたんです！　そ、その中でも、これはまだマシな方だったといいますか……ど、どうぞ！」

そう言って彼女は俺たちの前にドンと、肉片のようにグチャグチャになった、グロテスクなフレンチトーストが載った皿を勢いよく配膳していく。

最早《もはや》、目の前のこれは、食パンとしての原型は留《とど》めてはいないのだが……昨日のシチューに比べれば、まだ、人間の食べ物と思えるような出来栄えではあるかな、うん……。

「……」

ロザレナとジェシカは、昨日のシチューのトラウマを思い出してか、フレンチトーストに手を伸ばすことを躊躇《ちゆうちよ》している様子だった。

「……」

そんな彼女たちをチラリと窺《うかが》った後。

俺は先んじてこの料理？　を食べてみることにしてみた。

「では……いただきますね。もぐ、もぐもぐ……」

「ア、アネット!?　そ、そんなに一気にいって……だ、大丈夫なの!?」

隣から心配そうな顔をしてこちらを覗《のぞ》き込んでくるロザレナ。

俺はそんな彼女にコクリと頷《うなず》きながら、口の中にあるフレンチトーストの欠片《かけら》を咀嚼《そしやく》し、飲み込んでいった。

「んぐっ……んっ……。はい。別段、味に問題は無いと思われます」

「ひょ、評価の方は、どどど、どうですか～？」

「はい。ちゃんと食べられる料理になっていると思いますよ、オリヴィア先輩」

「ほ、本当ですかぁ!?　や、やったぁ～!!　ありがとうございます、アネットちゃん!!　これも、全てはアネットちゃんのおかげですよぉ～!!」

「ただ……食べられなくはない、という最低ラインに位置する段階ですけどね。私の師匠である祖母がこのフレンチトーストを見たら、間違いなく『これは犬の餌ですか？』と酷評するレベルでしょう。形も、最早所々千切れて訳が分からなくなっていますしね」

「はむっ、もぐむぐ……。んっ、本当だわ。食べられなくはないけれど、美味《おい》しくもないわ、これ」

「ガツガツガツ……うん！　不味《まず》い！」

「ハッハッハー！　女性が手ずから作ったものであるならば、俺は何であろうと完食してみせ……うむ。いや、やはり二切れ程度にしておくとするか。申し訳ないな、眼帯の姫君！」

「……フン。食えれば何でも構わん」

　酷評する満月亭の面々に、オリヴィアは涙目になって俺に視線を向けてくる。

「あ、あぅぅ～……。まだ喜んではいられないんですね～……。もっとこれからも頑張りたいと思います、先生～」

「はい。放課後、時間が空いている時であればいつでも指導しますので、お気軽にお声掛けしてくださいね」

　こうして、満月亭の朝食の会は和やかな空気の中、恙《つつが》なく進んで行った。

　しかし、グレイレウスが朝食の場にいるのは意外だったな。

　まぁ、昨日の夕食の席にも顔を出していたし、彼は思ったよりも食事の場には姿を現すのだろう。

　この先輩は、殆《ほとん》どの時間、寮の裏にある修練場で過ごしていると、オリヴィアからは事前にそう聞いている。

その話から察するに、彼が尋常ではない時間を剣の修練に費やしていることが窺えるな。

相当、剣の腕を極めるのに執着しているのだろう。

何というか、そのストイックさは生前の……若い頃の俺みたいな奴《やつ》だな、こいつ。

ちょっとだけ、親近感が湧いてくるものがあるぞ。

「……何だ？　人の顔をジロジロと見て？」

俺がジッと見つめていたことに気付き、向かいの席からグレイレウスが怪訝《けげん》な顔を向けてくる。

俺はそんな彼に対して、ニコリと微笑《ほほえ》みを浮かべた。

「いえ。何でもありませんよ、グレイレウス先輩」

「……フン。可笑《おか》しな女だ」

そう言って彼は口の中にパンを放り込むと、席を立ち、首にマフラーを巻く。

そして、未《いま》だ食事をしている俺たちを残して、先に寮を出ていくのだった。

◇　◇　◇　◇　◇

その後、寮を出た俺とロザレナは、ジェシカやオリヴィア、マイスと共に通学路を歩いていた。

学生寮は学校の裏手にあるため、比較的通学自体は簡単そうだ。

広大な芝生にある、舗装された道には、同じように通学する多くの学生たちの姿が散見される。

「ん……？」

そういえば、今気が付いたが、他の生徒たちは皆、腕に腕章のようなものを付けているな。

腕章には、狼《おおかみ》や蛇といった動物らしき絵と、数字のⅢやⅣの文字が見える。

前を歩くオリヴィアとマイスの腕にも、その腕章らしきものの姿があった。

オリヴィアの腕にはⅢと蛇の絵。マイスの腕には、Ⅲとミノタウロスの絵。

……何か、意味があるものなのだろうか？　見たところ、俺とロザレナ、ジェシカのように、腕章を付けていない生徒の姿もあるが。

これはいったい……どういうことなのだろう？　学校側が何等《なんら》かの意図を持って生徒に腕章を着用させているのは分かるが、まったくもってその意味が理解できない。

周囲の生徒たちの姿に首を傾《かし》げていると、前を歩くオリヴィアがこちらを振り返った。

そして彼女は、背後に広がる光景に向けて手を広げて、俺たち下級生に声を掛けてくる。

「着きましたよ、みなさん！　あれが、これからみなさんが通うことになる聖騎士養成学校――『ルドヴィクス・ガーデン』です！」

オリヴィアの背後に視線を向けると、そこには、巨大な時計塔の姿が見えた。

ここに来る前に一度見た、三百メートルはゆうにありそうな大きな時計塔。

やはりあれが、俺たちがこれから過ごすことになる校舎になるのか……。

目の前の光景に、俺とロザレナ、ジェシカは思わず呆《ほう》けた顔をして立ち止まってしまう。

そんな俺たち一期生三人に、オリヴィアは口元に手を当てクスリと笑みを溢《こぼ》した。

「さっ、行きましょう、みなさん。ボーッとしていては、遅刻してしまいますよ～？」

「はい」「分かったわ」「うん！」

俺たち新入生の三人はそれぞれそう返事をして、桜並木が続く通学路の中、前を歩くオリヴィアとマイスの下へと歩みを進めて行った。

これから始まる学園生活。いったい俺たち主従にどんなことが待っているのだろうか。

期待半分、不安半分といったところだな。いや、お嬢様のお目付け役としては、不安の方が大きいか。

◇　◇　◇　◇　◇

「では、みなさん。私たち上級生は、ここでお別れしますね～」

「え？　お別れ？」

「はい。私たち三期生は入学式に参加する前に、ホームルームがありますので～。教室がある上階に向かわないといけないんですよ～」

時計塔の前に辿り着くと、オリヴィアはそう言って、俺たちに微笑みを向けてきた。

その隣で、マイスは前髪に櫛を通すと……キランと、白い歯を見せてくる。

「ハッハッハー！　しばしのお別れだ、諸君！　俺たちも後で入学式の会場には行くからな！　このマイスが居ない時間を惜しむ必要はないさ！」

「入学式は、時計塔の地下にある迎館ホールで行われます。入ってすぐの、地下へと続く階段を降りればありますので、迷わないと思いますよ～」

「了解しました。わざわざ私たち新入生をここまで案内してくださって、本当にありがとうございました。オリヴィア先輩、マイス先輩」

「いえいえ～。それでは、また後で～」

「メイドの姫君！　入学式が終わったら、俺とお茶でもしな――――ぐふぁっ!?」

「はいはい～。脳みそエロエロのナンパ男さんは、私と一緒に三期生のクラスに行きましょうね～」

マイスに腹パンをかました後、オリヴィアは膝を突く彼の腕を摑《つか》むと、そのままズルズルと引きずって時計塔の中へと入って行ってしまった。

何というか……扱い慣れてるなぁ。きっと今まで、マイスが女の子をナンパする度に、ああやってあの男の暴走を彼女が止めてきたのだろう。

先輩たちのやり取りを見て、その関わりの長さを垣間見《かいまみ》た後。

俺たち三人は遅れて、時計塔の中へと入って行った。

◇　◇　◇　◇　◇

「ぬぁっ!?　が、学生証がない!?　ご、ごめん、アネット、ロザレナ！　私、忘れ物しちゃった!!　一旦寮に戻るから、先に会場に行ってて!!」

時計塔に入るや否や、ジェシカはそう言って来た道を引き返し、去って行った。

「ジ、ジェシカ!?　大丈夫なの!?　入学式までそんなに時間ないわよ!?」

「平気ー!!　足には自信あるからーっ!!」

元気よく手を振り、ジェシカは時計塔の外へと出て行く。

ロザレナはそんな彼女を見送ると、心配そうに口を開いた。

「本当に大丈夫かしら？　遅刻しないといいんだけど……」

「そうですね。ですが昨日、寮の周りを一瞬で十五周してみせた脚力を見るに、彼女は案外普通に間に合いそうな気もしますね」

「む、確かに。あの子、相当運動が得意そうよね。もしかして剣の腕も凄《すご》いのかしら？」

ロザレナはそう言って顎に手を当てて考え込む仕草を見せる。

俺はそんな彼女に小さく微笑みを向け、声を掛けた。

「ここで心配して待っていても仕方ないですし、私たちは先に会場に行っているとしましょうか、お嬢様」

「あ、うん、そうね。心配してあたしたちが遅刻したら仕方ないもんね」

俺たち二人はお互いの目を見て頷くと、多くの生徒でごった返すエントランスの中を進んでいった。

そして、その後、ロザレナはキョロキョロと辺りを見渡し始める。

「人、多いわね〜。これってみんな、新入生なのかしら？」

「どうでしょう。中には、上級生の方もいらっしゃるかもしれませんよ」

「そっか、確かに。……ん？　ねぇアネット、あれじゃない？　地下へと続く階段って」

「そのようですね」

「さっそく行ってみましょう！　入学式かぁ……何だかドキドキしてくるわね！」

ロザレナはそう言うと、俺の手を引っ張り、階段の方へと向かって行った。

螺旋状《らせんじょう》になっている地下へと続く階段を降《くだ》っていくと、目的地である迎館ホールに辿《たど》り着く。

迎館ホールの入り口には大量の新入生の姿が見られ、扉の前に置かれたテーブルには、教師と思《おぼ》しき人物たちが受付をしている様子があった。

俺とロザレナは列の最後尾に並び、受付を済ませることに決める。

「この学校って一学年、どれくらいの生徒がいるのかしら？」

「そうですね……。この感じを見るに、恐らく、百人以上居るのは確実ですかね」

「とても多いのね。流石《さすが》は王都の騎士学校ね……」

「――――正確に答えを言うのであれば、二百人、ですね」

「「え？」」

お嬢様と共に、声が聞こえてきた前方――――ロザレナの前に並んでいる生徒へと視線を向ける。

するとそこには、オカッパボブヘアーの小柄な少女の姿があった。

彼女は肩越しにこちらへジロリと鋭い目を向けると、再び前を向く。

「この学校は、一学年に五つのクラスがあり、一つのクラスに必ず四十名の候補生が配属される決まりになっています。事前に調べれば、誰でも分かる情報なのですが……貴方《あなた》たちはそんなことも知らなかったのですか？　無知にも程がありますね」

「わ、悪かったわね、調べてなくて!!　何よ、偉そうに!!　チビの癖して!!」

「チビではありません。私はこれでも立派なレディです」

そう言って大きくため息を溢すと、オカッパボブ少女はやれやれと肩を竦《すく》めた。

「できれば、貴方とは同じクラスにはなりたくないですね。私の今後の進退に関わってき

「そうですので」

「何なの、こいつ!!　めっちゃ腹が立つんだけど!!　殴って良い!?」

「入学早々で喧嘩沙汰《けんかざた》は絶対にお止《や》めください、お嬢様。我慢してください」

　歯をギリギリとして威嚇するお嬢様と、「フン」と鼻を鳴らすオカッパ少女。

　その後、苛立《いらだ》つお嬢様を何とか制御しながらも――――俺たちは無事に受付を済ませることが叶《かな》う。

　オカッパ少女は受付を済ますと、早々に迎館ホールの中へと入って行った。

　俺たちもそんな彼女に倣い、すぐにホールの中へと入ることにする。

　鉄製の扉を開けホールの中に入ると、そこには、大きな空間が広がっていた。

　全校生徒を収容できるような、巨大な大広間。

　その光景に、ロザレナは感嘆の息を溢した。

「うわぁ……すっごい広いホールね、アネット」

「そうですね。前の席は……既に人で埋まっていますね。後ろに陣取りましょうか」

「そうね。それじゃあ……あそこにしましょうか」

「かしこまりました」

　俺たちは、後方の右側の列にある、隣同士に並んでいる椅子を取ることに決める。

　ロザレナと共に並んで椅子に座ると、俺は改めて迎館ホールの中を窺《うかが》ってみた。

　最奥には壇上と演説台が置かれており、壇上の前からホールの最奥には、ズラッと新入生全員分の木製の椅子が置かれている。

さっきのオカッパ少女の言葉を思い返してみるに、二百個はあるのだろうか。

そんなふうに、周りを窺いながら入学式の始まりを待っていた、その時。

周囲の大勢の新入生たちを確認しながら、ロザレナがぽつりと口を開いた。

「な、何だか、緊張するわね……」

そう言って左隣に座っているロザレナは、俺の手をギュッと握ってきた。

俺はそんな彼女に横からクスリと微笑《ほほえ》み、視線を向ける。

「お嬢様でも、緊張なさることがあるのですね？」

「あのねぇ……あたしのこと何だと思っているのよ、貴方は……」

「そうですね。傍若無人のお嬢様、といったところでしょうか？」

「……ハァ。主人に対して何て不敬なメイドなのかしら。というか、貴方も制服に着替えて来なさいよ！　何で入学式でもいつもと同じメイド服な訳？」

「いえ、あの、だってこの学校のパンフレットには、主人と共に入学する使用人は、無理に制服に着替えなくても良いと書いてあってですね？　ですから……」

「あたしは、貴方の制服姿が見たかったの。もう、通学の時は絶対に制服に着替えてきなさいよね」

「え？　嫌ですけど？」

「何でよっ!?」

女学生の制服なんて……そんなものを自然に着だした時には、俺はもう、男としてどう生きていけば良いっていうんだ？

いや、最早《もはや》メイド服に慣れてしまっている時点で終わっているんだけどね、色んな意味で。

「？　どうしたのよ？　急に暗い顔しちゃって？」

「いえ、何でもありません。それにしても、お嬢様は制服が良くお似合いになっていますね」

「そ、そうかしら？」

そう言ってロザレナはスカートの端を持って、自分の姿を照れた様子で確認をする。

聖騎士養成学校の生徒が着る制服は、藍色の襟がついた軍服風のブレザーに、黒と青のチェック柄の入ったスカート……といったような様相をしていた。

腰には純革製のポーチ、ベルトには金のバックルが付いており、黒と青を基調としたそのデザインの制服は、落ち着いたシックな印象を受ける衣装となっている。

長いウェーブがかった青紫の髪のロザレナに、この制服はとてもよく映えていると思えるな。

「ええ。お嬢様にはとてもよくお似合いです。私には絶対に似合わな、い、と思いますが」

「……何だか絶対に着たくないという固い意志を感じるわね。良いわ。いつの日か必ず着せてやるんだから」

謎の闘志を燃やし始めるお嬢様。

いや……そんなところでやる気になられても困るんですが……。

そんな、瞳の中に炎を燃やすロザレナに呆《あき》れた笑みを浮かべていた、その時。

突如辺りが薄暗くなり、周りの喧騒《けんそう》が徐々に薄らいでいった。

「あっ、お嬢様、もうすぐ入学式が始まるみたいですよ？」

「そうね。そろそろ静かにしましょうか」

そう会話をして、俺とロザレナは口を噤《つぐ》み、同時に壇上へと視線を向けた。

そして、完全に人々の声が沈黙すると……カツカツと革靴を鳴らして、壇上に一人の男が姿を現した。

それと同時に、全校生徒が一斉に立ち上がる。俺たち主従も遅れて席を立った。

彼はそのまま歩みを進めて行くと、壇上の中央にある演説台の前に立つ。

その後、演説台の上に両手を置き、声の拡声ができる魔道具《マジックアイテム》のマイクに口を近付けると、男はニコリと微笑みを浮かべた。

『――諸君、当校【ルドウィクス・ガーデン】への入学おめでとう。私はゴーヴェン・ウォルツ・バルトシュタイン。この学園の総帥にして、聖騎士団団長、そして、バルトシュタイン家の現当主に当たる男だ』

そう口にして、厳《いか》めしい顔をした黒髪オールバックの男は、壇上から迎館ホール全体を見渡すと、ククククと不気味な嗤《わら》い声《ごえ》を溢《こぼ》した。

その後、顎髭《あごひげ》を撫《な》でると、彼はクマの深い目を細め、参列している俺たち新入生に鋭い視線を向ける。

『まず、君たちに伝えておくことがある。この中で夢を叶え本物となれるのはごく一部……その殆《ほとん》どは原石を磨くための捨て石にすぎないということだ。毎年聖騎士になれるのは、一学年二百人の在校生の内、四十名程度。そして、剣士としての栄えある称号【剣神】や【剣王】になれるのはさらに少ない、数十年に数人出れば良い程度のものだ』

その発言に、隣に並んでいるロザレナがゴクリと唾を飲み込んだのが分かった。

その不安そうな面持ちを和らげたいと思った俺は、ギュッと、彼女の掌《てのひら》を強く握る。

すると、お嬢様はこちらにチラリと視線を向け、小声で「大丈夫よ」と声を掛けてきた。

その様子に微笑みを向けた後、俺は再び前を向き、周囲の新入生たちと同じように学園長総帥の言葉へと耳を傾ける。

『良いかね、諸君。この世界の摂理は至ってシンプル、弱肉強食だ。弱い者は強い者の糧になるしか生きる術《すべ》がない。諸君らも知っての通り、この聖騎士駐屯区の周囲を囲む堀の下には貧民街である【奈落の掃《は》き溜《だ》め】がある。あの場所で生きる人々を見る度に、諸君ら地上の人間はこう思うことだろう。自分は……絶対にああなりたくはない、とな』

そう言って一呼吸挟むと、突如彼は瞳孔を開き、歯を見せて狂ったように笑いだした。

『フ……フハハハハハハハハハッ!!　人間はッ!!　弱者が居てこそ!!　自身の価値を見《み》出《いだ》し、ああなりたくはないと、必死に努力をする生き物なのだ!!　貴様らにもこの心理は分かることだろう!!　自身より劣った存在を見たその時、必ずその胸中では安堵感《あんどかん》を覚えたはずだッ!!　自分はこいつよりはマシなのだと!!　見下し、そして優越感に浸る!!　人間の本質はまさにそこにあるのだ!!　弱者がいてこそ、社会は成長をしていく!!　だから──教育という現場にも、見下されるべき存在、貧民が必要になってくるのだ』

そう叫んだ後。何故《なぜ》かあの男は……俺の隣にいるロザレナへと視線を向けたのだった。

その視線を受け、ロザレナは一瞬顔を強張《こわば》らせると、俺の掌をギュッと力いっぱい握ってくる。

「……アネット。あ、あの怖い顔の学園長、今、あたしのことを……見た？」

「はい。そのように感じられましたが……この大勢の新入生がいる中で、お嬢様だけに視線を向けるというのは中々に難しいと思われます。恐らく、ただの偶然でしょう」

「そう……そうよね……偶然、よね……」

その言葉に、ロザレナは納得した様子を見せなかったが……今は、これでいい。

俺の適当な気休めで彼女の心が少しでも安らいでくれるのなら、一旦はそれでいい。

恐らくあの男がロザレナを見たのは──間違いなく偶然ではないからだ。

(ゴーヴェン・ウォルツ・バルトシュタイン、か)

元々、俺が知るバルトシュタイン家には、性根の腐ったクズしかいないイメージだったが、今代の聖騎士団団長も変わらずゲス野郎のようだな。

『奈落の掃き溜め』で『死に化粧の根《マンドラゴラ》』をばら蒔《ま》き、貧民街の人々を違法ドラッグの苗床にして、他国へ薬物を輸出しながら長年裏金を稼いでいる悪徳な一家なだけはあるぜ。

そんな極悪人一族が代々騎士団長をしているのだから、この国は本当に狂っていやがる。

「ジェネディクトも大概だったが、本当、どうなってんだ、バルトシュタインの家系はよぉ。どう見ても、どいつもこいつも聖騎士やれるような顔してねぇだろ……この悪人面のヤクザ一族がよぉ……」

「え？　今何か言ったかしら、アネット？」

「いいえ、何も」

そしてその後、現バルトシュタイン卿《きょう》を呆れながらに見つめていると……いつの間にか奴《やつ》の演説も終わったようで。

あの男は入学式閉会の挨拶をし、頭を下げた後に一言、新入生に声を掛ける。

『――――では、諸君。君たちがこの学園に入学することを、私は心から歓迎する。少しでも多くの原石が生まれてきてくれることを期待しているよ』

そう言葉を残すと、奴は壇上から颯爽《さっそう》と去って行った。

◇　◇　◇　◇　◇

入学式を終え、大勢の生徒たちと共に時計塔の外へと出ると、そこには十メートルはあろう巨大な掲示板が聳《そび》え立っていた。

周りの生徒たちの会話に耳を傾けると、どうやらあの掲示板には各々の生徒のクラス発表が掲示されているらしい。

事前に読んでいたこの学校のパンフレットには、傍仕《そばづか》えとして入学した使用人はなるべく主人と同じクラスになるように配属されるとは聞いてはいたが……まだ、どうなるかは分からないな。

俺はゴクリと唾を飲み込み、チラリと隣に立つロザレナの顔を盗み見る。

すると彼女は、緊張した面持ちで、群衆が集まる掲示板をジッと睨《にら》みつけていた。

「……あたし、アネットと同じクラスになれるのかしら」

「そうですね。主人と使用人はなるべく同じクラスに配属される、とは書いてはいましたが……果たして、どうなるのかは……」

「まだ、分からないわね。行きましょうか、アネット」

「はい」

そうして俺たちは掲示板の前に集まる群衆の中に紛れ込み、前へと進んでいく。

そこは大勢の新入生で溢《あふ》れかえっており、すし詰め状態になっていた。

比較的小柄な体格の自分では、この場ではどうしても背伸びをしなければ掲示板を見ることが叶わない。

「さ、流石《さすが》に人が多いわね‼　あたしの背でも見えないわ‼　アネット、あたしたちの名前がどこにあるか分かるかしら⁉」

「い、いえ、少しお待ちくださいね……よいしょっと」

ロザレナの手首を摑《つか》み、何とか無理やり人をかき分け、前へと躍り出る。

どうやらクラスの名前は、この国では聖獣扱いされている五匹の幻想種モンスターの名前が使われているようだ。

俺は、掲示板に書かれている五つ分のクラスの名簿に目を通し、虱潰《しらみつぶ》しに自分たちの名前を探していく。

「鷲獅子《グリフォン》クラスには……ない。毒蛇王《バシリスク》クラス、牛頭魔人《ミノタウロス》クラス……にもない。天馬《ペガサス》クラス、にもない。黒狼《フェンリル》クラス……っと、ありましたっ‼　ありましたよお嬢様っ‼」

「えっ⁉　本当⁉　あっ、あった‼　あたしたち、黒狼《フェンリル》クラスに名前がある‼　やったわねっ‼　同じクラスよ、アネット‼」

「はいっ‼　はぁ……お嬢様と同じクラスになれて良かったぁ……‼　別々のクラスになったらどうしようかと、ずっとドキドキしていましたよ、私！」

「それはあたしもよぉっ‼　本当っ、本当に良かったぁ‼」

そう言葉を交わすと、お互いに手を合わせ、俺たちはキャッキャウフフとはしゃぎ合う。

「でも……」

その後、ロザレナは再び掲示板を見上げると、小首を傾《かし》げた。

「あたしの名前の横に、級長?って書いてあるのよね。級長って、いったい何なのかしら? あたしの名前が一番最初に書いてあるのも、よく分からないわ。見たところ名前順じゃないみたいだし」

「そう、ですね……うーん、言葉通りに推測するなら、級長はクラスのまとめ役、みたいな立場なのではないでしょうか?」

「そういうことなのかしら?」

お互いに顔を見合わせ、首を傾げる。

すると、その時。

掲示板の最前列で、甲高い悲鳴が上がった。

「な、なななななっ、なんですってぇぇぇぇぇぇぇぇぇっっ!!! この栄えあるフランシア家の嫡子であるわたくしがっ!! ど、どどどどどうして、どうして、級長ではないというのですっ!! 何故、レティキュラータスなどという格落ちの田舎貴族の者が、このわたくしを差し置いて級長になっているんですのっ!? おかしい!! こんなのおかしいですわぁぁぁぁぁぁッッ!! むきぃぃぃぃぃぃぃぃッッ!!!!」

「お、お嬢!! こ、ここは人が多く集まる場所なんですから、あんまり騒がないでくださぃ!! 目立ちますって!!」

「御黙《おだま》りなさい、ディクソン!! わたくしは栄光あるフランシア家の令嬢として、この裁定に異議申し立てしなければなりませんの!! そこをお退《ど》きなさい!! 不遜者たち!!」

そう言って、群衆は道を開ける。

その道を通ってこちらに向かって歩いて来たのは、長い髪の先端がドリルのような縦巻きロールになっている、金髪の令嬢だった。

彼女は俺たちとすれ違い様、チラリとこちらに鋭い視線を向けると、そのまま威風堂々とこの場から去って行った。

「な、何だったのかしら、あの子……」

彼女のその様子に、瞠目《どうもく》して驚くロザレナ。

俺は顎に手を当て、口を開く。

「フランシア家と言っていましたから、恐らく、レティキュラータス家と同じ四大騎士公の一角の血族の方ですね。かの御家《おいえ》は、代々軍務卿を務めている一族と聞いています」

「そう……四大騎士公、ね。それにしても……よりにもよってフランシア家の娘なんだ、あの子。何か……変な運命を感じちゃうわね……」

「お嬢様？　フランシア家に何か気になることでもあるのですか？」

「あー、うん。幼い頃、あたしが病気で入院生活していた時に、お父様によく嫌味を吐きにきた貴族の男がいたのよ。それが、フランシア家の当主だった。フランシア家は、あたしが入院していた病院に多額の出資をしていたから、酷《ひど》い言葉を言われてもお父様は何も言えなくてね。まぁ……そういうこと。あんまり良い思い出が無いのよ、フランシアという名前には」

そう、何処《どこ》か疲れた声を発して、ため息を溢《こぼ》すお嬢様。

俺たちはその後、暴風のように去って行ったフランシア家の令嬢とその従者の後ろ姿を、ただ茫然《ぼうぜん》と見つめていた。

「――――クラスを確認した生徒は、時計塔にある自分の教室へ向かってください。十時からミーティングを始めます。一期生の教室は、五階にあります」

黒髪のイケメン教師がそう、掲示板前に居る生徒たちに淡々と声を掛けてくる。

その声を聞いたロザレナは、俺へと視線を向けてきた。

「それじゃあさっそく、教室に行くとしましょうか、アネット」

「はい。お嬢様」

前を歩くロザレナの後を一歩遅れてついていき、俺たち主従は時計塔へと向かって歩いて行った。

第4章 一学期・学園編 青紫色の狼は、月に吠える Chapter.4

五階に登ると、廊下の一番奥に、黒狼《フェンリル》の旗が掲げられた教室があった。

ロザレナは扉の前で胸に手を当て、大きく深呼吸をすると、表情を引き締める。

そして彼女はガラッと勢いよく扉を開き、中へと入って行った。

俺も、そんな主人の後を遅れてついていく。

教室に入ると、既に席に着いている生徒たちが一斉にこちらに視線を向けてきた。

しかし彼らは俺たちからすぐに視線を外し、付近にいる同級生と談笑し始める。

「でさー、あーしはこう思うわけよー」

「某《それがし》もお嬢様と同意見であります！」

「あの学園長の顔、怖くなかった？」

「ねぇねぇ、掲示板の前にいた先生、すっごいイケメンじゃない!?」

「鷲獅子《グリフォン》クラスの先生らしいよ？　あの人」

それぞれ、賑《にぎ》やかに会話をするクラスメイトたち。

その光景を見つめた後。ロザレナは歩みを進めて、黒板の前に立った。

黒板にはやる気のない、フニャフニャした文字でこう書かれていた。

『好きな席に座って良いよー』……と。

「好きな席、ね。どこに座ろうかしら」

ロザレナは背後を振り返る。教室は、黒板に向かって階段状になっていた。

カーブを描くように机が並べられており、奥の席は既に全て埋まっている様子。

いや……見たところ、もう、前の席しか空いていないな。

俺はロザレナと共に、教卓の前にある一番不人気な席へと着く。

隣同士の席に座ると、同時に、ゴーンゴーンと鐘の音が鳴り響いた。

その音が鳴り終わって、数分後。

教室の扉が開き、外から――担任の教師と思《おぼ》しき獣人族《ビスレル》の女性が現れた。

「はーい、みんなー、静かにー。席に着いてニャー」

◇　◇　◇　◇　◇

――皆さま、初めまして、ご機嫌よう。

わたくしの名前はルナティエ・アルトリウス・フランシア。

栄光ある四大騎士公の一角であり、代々高名な指揮官を輩出している軍務卿《きょう》の一族、フランシア家の末裔《まつえい》ですわ。

わたくしの父も兄も若かりし頃はこの聖騎士養成学校で級長に抜擢《ばってき》され、皆一様にして華々しい功績を残し、上に立つ者――指揮官として、卒業後は聖騎士団を統べる存在になっておりますの。

え？　聖騎士団は代々聖騎士団団長を務めるバルトシュタイン家が牛耳っているのではないか、ですって？

オーホッホッホッホッホッホッホッ!!　バルトシュタインなど、戦事でしか能力を発揮できない筋力バカの集まりにすぎませんわっ!!

本当に聖騎士団を支配しているのは、兵を指揮するわたくしたち、フランシア家なのです。

常人が考え付かぬような軍略を発揮し、兵という駒を操り、策略によって敵城を手中に落とす。

つまりは、卓上で全てを操るフランシア家こそが、四大騎士公の中において最強ということ。

脳筋のバルトシュタインよりも、宝物番しかできないオフィアーヌよりも、役立たずのレティキュラータスよりも、フランシア家こそが真の騎士、というわけなのですわ。

「……それ、なのに……」

それなのに、いったい目の前のこれは……何なんですの？

いったい、この光景は……無能な家の者が級長を務めることになるなんて、こんな……

いったいこれは、どういうことなんですのっ！！！！

「えー、じゃあ、黒狼《フェンリル》クラスの初めてのミーティングを始めるよー。級長は……ええと、ロザレナ・ウェス・レティキュラータスさん、前に出てー」

「は、はいっ!!」

教壇に立った、頭に猫耳が生えた獣人《ビスレル》族の女教師に呼ばれ、緊張した面持ちでレティキュラータスの息女が前に出る。

彼女はドギマギとした様子で席を立ち、教壇に立つと、クラス全体を見回しながら深呼吸をし……その後、凜《りん》とした表情で大きく口を開いた。

「先程、先生のご紹介に与《あずか》りましたとおり、あたしはロザレナ・ウェス・レティキュラータス……つまりは、あの、レティキュラータスの一族、というわけです。ですから、みなさんの中にはもしかしたらあたしに嫌悪感を抱く人もいると思いますが、何卒《なにとぞ》――」

「異議あり!!　ですわっ!!」

「へ？」

勢いよく席を立ち、レティキュラータスの息女に指を突き付けるわたくしに、彼女はポカンと呆《ほう》けたような顔を見せた。

そしてその後、わたくしは髪を靡《なび》かせてフンと口角を吊《つ》り上げると、面倒くさそうな顔をしている猫耳女教師へと視線を向ける。

「フランシア家の嫡子であるこのわたくしを差し置いて、彼女が級長になるなど、わたくしは断じて認めはしませんわ。この学校において、級長というものは代々クラスで最も優秀な者が務めるのが習わしのはず。ねぇ、先生？」

「いやー……上が決めたことだし、そんなことを私に言われても仕方がないっていうかさぁ～。さっきも職員室で直談判《じかだんぱん》して来た時に言ったけど、平の教員の私じゃどうにもならないっていうか……だから、諦めてくれないかニャァ。ルナティエさん……」

「無理ですわ。フフッ、先生、この学校においてはアレが、あるじゃないですか。生徒のあらゆる所有物を賭けて、決闘を行うことができる、あの校則が」

「あらゆる所有物を賭けて、決闘……？」

首を傾《かし》げて困惑の声を漏らすレティキュラータスの息女に、わたくしは口に手を当てホホホと笑う。

「あら？　ご存知ありませんの？　この学校には生徒同士が決闘して物事を決めて良い校則があることを。────わたくし、ルナティエ・アルトリウス・フランシアは、ここにロザレナ・ウェス・レティキュラータスに、手袋を投げることを誓います。そして、《騎士たちの夜典《ナイト・オブ・ナイツ》》の開催を、ここに宣言しますわっ！！！！」

そう口にして、わたくしは制服の付属品である白い手袋を机に脱ぎ捨てる。

これで、わたくしからの決闘の申し込みは成立しましたわ。

この学校においてのルール。それは、観衆が五人以上いる場であるなら、どんな時であろうと決闘を申し込んで良いというもの。

正式な場を設けるために、決闘にはそれ相応の金銭を申し込んだ側が学校に支払わなければならない義務が生じますが……その程度、級長になるためだったらはした金でしかないですわ。

これを受けるか受けないかは勿論《もちろん》、申し込まれた側の意志によるものですけれど……この場で断れば、彼女はわたくしから逃げたということになり、級長としての権威は失墜する。

そうなれば、彼女のこれからの学校生活は周囲からずっと白い眼《め》を向けられ、四年間、お飾りの級長としての生活を余儀なくされるでしょうね。……オーホッホッホッホッホッホッホッ!!　わたくしってば策士ですわぁ!!

「ええと、あたし、まだこの学校の校則とかよく分かってないんだけど……つまりは、貴方《あなた》と何かを賭けて決闘をする、そういうことよね？」

「そうですわ。わたくしは貴方に級長の座を賭けて戦って貰《もら》う。そうですわね……わたくしが貴方に賭けるのは、後ろの席にいるわたくしの従者、ディクソン・オーランドでどうかしら？　中々使い勝手の良い男でしてよ？」

「はぁ!?　いったい何言ってんだ!?　お嬢っ!?」

「えぇ……？　別にそんな人、あたし欲しくは無いわ。あたしにはアネットがいるもの」

そう言ってレティキュラータスの息女は頬を染めると、前の席に座っているメイドへと熱い視線を向ける。

そして再びこちらに視線を向けると、彼女は真剣な表情で口を開いた。

「いいわ。その決闘、受けてあげる。あたしが貴方に望む勝品は……そうね、この学校の入学金二人分、でどうかしら？」

その発言に、最前列に座っていたポニーテールのメイドは、慌てて立ち上がる。

「お、お嬢様っ!? な、何を言っているんですかっ!? こ、ここは断るべきですよ!! だって――――」

「アネット、黙っていなさい。これは主人であるあたしが決めたことよ。級長の座なんて未《いま》だに良く分かっていないし、正直どうでもいいものだけれど……あたしは、ここで退《ひ》いてはいけない気がするの。ここで逃げたりしたら【剣聖】になんて、絶対になることができない。この道を進む以上、あたしは、挑まれた戦いから逃げたりはしない」

【剣聖】というその単語に、わたくしは思わずお腹《なか》に手を当て大笑いしてしまった。

わたくしの周囲に座るクラスメイトたちも同様で、皆、口元に手を当て失笑している。

「プッ！　クスクス、オーホッホッホッホッホッホッ！！！！　け、【剣聖】、ですって？　貴方、今、【剣聖】になる、なんて言ったの？　あ、頭は正気ですかっ？　ぷふっ、まさか違法ドラッグでも服用してはいませんわよね？　貴方!!」

わたくしのその言葉に釣られ、取り巻きの小領貴族の息女たちも声を大にして笑い声を上げ始める。

「あの方、実力も分からずに不相応な発言をする辺り、級長には相応《ふさわ》しくないわね。やはりルナティエ様こそがこのクラスの級長に相応しい御方《おかた》！」

「そうですね、私もそう思います、アリス様。王政から爪弾《つまはじ》きにされた格落ちのレティキュラータス家の者の癖に、栄えあるフランシア家のルナティエ様に逆らうなんて、ちょっと頭が高いんじゃないんですか？」

「きっと、あまり良いものを食べていないから、あのようなお可哀想な頭になってしまうのですよ。賭けの勝品にお金を求める辺り、レティキュラータスの財力の底が知れますねっ！」

「本当、レティキュラータスのお里の程度が知れますわぁ」

わたくしの取り巻きたちの笑い声に釣られ、クスクスと、クラスの半数に嘲笑の波が広がっていく。

フフフ、これは良い傾向ですわ。こうして人の声が広まれば広まるほど、同調圧力というものは強くなっていくもの。

皆が、わたくしの方が級長に相応しいと、そう、自然と思い込んでいく。

オホホホホ、勝負は既に始まっているんですわよ？　格落ちの貧乏令嬢さん？

まったく、わたくしってば策士ですわぁ!!　オホッ!!

「それで、どうなの？　あたしの賭けの勝品、二人分の入学金を受け入れてくれるのかしら？　金髪の……ドリルティエさん？」

「誰がドリルティエですか!?　ルナティエです!!　ルナティエ・アルトリウス・フランシア!!」

その失礼な呼び間違いに息を荒げながら、わたくしは胸に手を当て深呼吸をし、落ち着きを取り戻す。

そして冷静さを取り戻したわたくしは、教壇に立つレティキュラータスの息女に不敵な笑みを浮かべた。

「良いでしょう、ロザレナ・ウェス・レティキュラータス。貴方の賭けの勝品を受理します。わたくしが勝てば級長の座を、貴方が勝てば二人分の入学金をわたくしが貴方に支払う。それでよろしいですわね?」

「ええ。構わないわ。それで、決闘というのはいつやるの?　今から?」

「まさか。ただの野蛮な喧嘩《けんか》じゃないのですから。学校側で日程を改めて貰って、観衆が集まる学園の正式な場で、決闘の儀——《騎士たちの夜典《ナイト・オブ・ナイツ》》は開催されるのです」

「そう。じゃあ、その開催日が決まったら教えて頂戴」

「分かりましたわ。わたくしの従者のディクソンから、即日でそちらに通達しに行かせます」

「……お嬢、また面倒ごとを作りやがって!!」

そんな、後ろの席から聞こえてくる従者の声に、わたくしはフフンと鼻を鳴らした。

◇　◇　◇　◇　◇

「……え？　えぇぇぇぇぇぇぇぇぇぇぇぇ――っ!?　《騎士たちの夜典《ナイト・オブ・ナイツ》》を申し込まれたんですか!?　ロザレナちゃんが〜っ!?」

そう叫ぶと、キッチンで（何枚も割りながら）お皿を拭いていたオリヴィアは、唖然《あぜん》とした様子で硬直した。

俺はそんな彼女と一緒に食器を片しながら、眉を八の字にして口を開く。

「はい……私も、この学校に『いつでも決闘を申し込んでも良いルール』なんてものがあるのは今朝まで知りませんでした。なので……今日、フランシア家のご息女様がお嬢様にいきなり決闘を申し込まれたことには、動揺を隠せませんでした……」

「そ、そうですよね〜。普通、そのことは、入学初日に説明される校則じゃありませんからね〜。その、ルナティエさん？　が、この学校についての情報に詳しかったんでしょうね……アネットちゃんたちがそのことを知らなかったのも、無理のないことだと思います」

オリヴィアは「ほぁ〜〜」っと、数秒程驚いた表情を浮かべると、急に不安そうな様子を見せ始めた。

「あの……ロザレナちゃん、大丈夫なのでしょうか？　彼女は剣の腕にはそれなりの自信がある方なのですか？」

「いえ……正直言って、素人レベルです。一部の型の素振りしかまともにできません」

「えっ」

オリヴィアは驚愕《きょうがく》して目をパチクリとさせると、突如血相を変え、がばっと俺の肩を勢いよく摑《つか》んでくる。……や、やっぱり力強いな、この子。普通に痛い。

「い、今すぐ学校にお願いしてその決闘、取り下げに行きましょう、アネットちゃん!!　このままじゃ、大変なことになりますよっ!!」

「大変なこと？　それはどういう……？」

「《騎士たちの夜典《ナイト・オブ・ナイツ》》で一方的に倒された聖騎士候補生は……毎回、この学校を必ず辞めているんです!!　周りから白い眼で見られるなんてものじゃないです!!　学校を挙げて盛大ないじめに遭うんですよっ!!」

「い、いじめ!?　それも、学校を挙げてって……ど、どういうことなんですか!?」

そう俺が問いかけると、オリヴィアは苦い表情を浮かべ、下唇を噛《か》む。

「今日の入学式で……あの人の……学園長の言葉を聞きましたよね？　この社会は弱肉強食だとか何とかって……」

そう言って一呼吸挟むと、オリヴィアは俺の肩から手を離し、悲しそうに眼を細めた。

「この学校は、あの学園長の方針で、強者しか認められていないんです。ですから……一度弱者の烙印《らくいん》を押された者は、学校が公認で『嬲《なぶ》って良い』という風習が根付いているんです。《騎士たちの夜典《ナイト・オブ・ナイツ》》は、そういった弱者を炙《あぶ》り出すための校則なんです」

俺は彼女のその言葉に、何も言えず……ただ唖然として口を開くしかなかった。

◇　◇　◇　◇　◇

《ロザレナ視点》

「えいっ！　えいっ！　えいっ！」

「……何をやっている」

「とりゃっ！　とりゃっ！　とりゃっ！」

「だから、何をやっていると聞いている」

満月亭の裏にある小高い山の修練場で剣を振っていると……いつの間にかあたしの背後に、マフラーを巻いた陰気な男、グレイレウスが立っていた。

あたしは肩越しに彼へと一瞬視線を向けた後、そのままジェシカに借りた木剣で素振りを行っていく。

「見て！　分からないの！　かしら!?　剣の！　修行を！　しているのよ!!」

「剣の修行だと？　フン、そんな幼稚な修練をするのなら他所《よそ》に行け。目障りだ」

「なッ――――なんですってぇ!?」

その発言が聞き捨てならなかったため、あたしは剣を振るのを止めて、グレイレウスへと鋭い目を向ける。

すると彼はあたしの睨《にら》みなど意にも介さず、静かに口を開いた。

「……オレは本気で【剣神】を目指している。故に、そのような幼稚な真似《まね》をこの修練場でされると気が散って仕方がない。目障りだ。即消《き》え失《う》せろ」

「あたしだって本気で【剣聖】を目指しているのよっ!!　それにここ、満月亭の寮の人なら誰だって使って良いはずよねっ!?　何で、貴方に指図されないといけないのかしらっ!?」

「……お前が、【剣聖】だと？　それは本気で言っているのか？」

「何よ!?　貴方もクラスメイトたちみたいにあたしを笑う気!?　ふんっ、笑いたければ笑えばいいわっ!!　他人にどうこう言われても、あたしの目指す野望は変わらないんだからっ!!」

「……」

彼は無表情のまま静かにあたしを見つめると、小さく息を吐き、背中を見せる。

そして、去り際、ポツリと声を発した。

「……入学早々、フランシア家の息女に決闘を申し込まれたようだが……あの小娘は基本的な剣の技術を幼少時から叩《たた》きこまれている。お前のその幼稚な剣の力量では、太刀打ちできないと思え」

「へぇ？　耳が早いのね。人との関わりが苦手そうな貴方《あなた》がそのことを知っているだなんて、驚いたわ」

「《騎士たちの夜典《ナイト・オブ・ナイツ》》はこの学校の生徒にとっては一大イベントだからな。決闘が起これば、一日でその噂《うわさ》は学校中に広まっていく」

「変な学校ね。決闘が校則に組み込まれているなんて。それも、聖騎士養成学校ならでは、なのかしら？」

「まったく、自分が今どんな状況に立たされているのかも知らず能天気な奴《やつ》だな。寮生のよしみで助言しておくが、今すぐこの学校を辞めて去った方が良いぞ。この学校において一度付いた敗者の烙印というのは、地獄そのものだからな」

「地獄……？」

そう言い残し、彼は林の中へと消えて行った。

あたしは地獄という言葉を反芻《はんすう》して呟《つぶや》いてみる。

「地獄……地獄……地獄……？　決闘に負けても別に死ぬわけじゃないわよね？」

うーんと腕を組んだ後、頭を振って、あたしは切り替えることにした。

「まぁ、いいわ。今は、剣の修練あるのみよ！　あのドリル髪の女を倒すためにね！」

そうして再び剣を上段に構え、あたしはひたすら『唐竹《からたけ》』の素振りを行っていった。

◇　◇　◇　◇　◇

「お嬢様、こんなところで大の字になって眠られておりますと、風邪を引いてしまいますよ？」

「あれ……アネッ……ト？」

ロザレナは目を擦《こす》りながら上体を起こすと、ぼんやりとした表情でこちらを見つめてきた。

「ごめんなさい……剣の素振りをしていたらいつの間にか疲れて眠ってしまっていたみたい……」

そう口にして、半目になっている彼女にクスリと微笑《ほほえ》みを浮かべた後、俺はロザレナの隣に腰かけ、星々が浮かぶ夜空を見上げる。

「お嬢様とお二人でお話しする時は、夜空を見上げることが多いですね。こうして二人で座っていると、御屋敷《おやしき》でお嬢様と月を見上げた時のことを思い出します」

「そうね。あの時の丸い満月はとても神秘的で……綺麗《きれい》だったわ」

「まぁ、今日は三日月なんですけどね。ですが、丸くない月もそれはそれで絵になるものです」

「……」

「お嬢様？　深刻そうな顔で俯《うつむ》かれて……どうなされたんですか？」

「……ごめんなさい、アネット」

「フフッ。その『ごめんなさい』は、いったいどれに対してのごめんなさい、なのでしょうか？」

「その……夜遅くなってもあたしが寮に戻って来ないから、心配してここに来てくれたこと……あたしが貴方の反対を押し切って決闘を受け入れてしまったことの……謝罪よ」

　そう言うと神妙な顔をして、ロザレナは立ち上がった。

　そして木剣を握りしめ、彼女は満天の星を、悔しそうな目をして見上げる。

「あたしは、今日の朝、クラスメイトたちに自分の夢をバカにされて……とても、悔しかった。お前じゃ【剣聖】になれるわけがないだとか、頭がおかしいだとか、薬をやっているんじゃないかとまで言われて……。でも、やっぱり何よりも一番悔しかったのは、お母様やお父様、お爺様《じいさま》やお婆様《ばあさま》、ルイスに、マグレットさん、コルルシュカ……そしてアネットのいる、あたしの大好きなレティキュラータスの家を馬鹿にされたこと。それが、あたしは悔しくて悔しくて……仕方がなかったのッ！！！」

　そう言って彼女は涙をキラキラと輝かせて空中に飛ばしながら、歯をギリッと嚙みしめた後、もう一度叫んだ。

「最初は、アネットだったら、貴方だったら挑まれた戦いからは絶対に逃げないだろうなって思って……【剣聖】を目指すんだったら戦いから逃げちゃダメだなって、そう思ってあの人の決闘を受け入れた。だけど……だけどもう、あたしは、そんな気持ちで戦うことはできないわっ!! あたしは……あたしは、あいつらを見返してやりたい!! あたしの夢を馬鹿にしたあいつらを、レティキュラータス家のみんなを家の格だけで馬鹿にしたあいつらを!! 床に手を付けさせて、謝らせてやりたいッッ!!!」

そう声を大にして叫ぶ彼女のその姿は、まるで月に向かって遠吠《とおぼ》えを上げる一匹の狼《おおかみ》のようだった。

彼女は、きっと、今まで何度もこういった場面に出くわしてきたのだろう。

幼少の頃、出会った当初に俺が何故《なぜ》【剣聖】になりたいかを問うた時、お嬢様は真っ先にこう言った。

「お父様とお母様をバカにする奴らをギャフンと言わせたい」――――と。

レティキュラータスという貴族の家に生まれただけで、彼女は常に周囲の貴族からバカにされてきたんだ。

だから、十五年間溜《た》まりに溜まった鬱憤が、今日の騒動をきっかけに、今、限界点を超えて爆発してしまっている。

悔しさに目に涙を滲《にじ》ませ、青紫の狼は、三日月に吠《ほ》える。

ただのメイドである俺にできることは、そんな傷付いた狼にそっと寄り添い、支えてあげることだけだ。

「!?　アネット……？」

突如、後ろから抱きしめてきた俺に、ロザレナは驚いたようにこちらに視線を向けてきた。

俺は傷を癒すようにして、そんな彼女の頭を優しく撫《な》でる。

「お嬢様。必ず、勝ちましょう」

「……え？」

「私が貴方様を勝利に導きます。決闘の日まで日数がどれほどあるのかは分かりませんが、その限られた時間の中、私は全力をもって貴方様をお鍛えします。アネット・イークウェスの名に懸けて、共にレティキュラータスの名を穢《けが》した不届きものに、目にものを見せてやりましょう」

「アネッ……ト……」

この世界で誰よりも泣かせたくない……笑顔でいて欲しい大切な御方《おかた》を泣かせたんだ。

何者だろうが、絶対に容赦はしない。

【剣聖】として……いや、一人の男として、必ずやこの子を勝利に導き、自身の手で汚名を晴らさせてやる。

それが、今、俺が何を捨ててでも最優先にやるべきことだ。

「アネット……」

ロザレナは俺から離れると、突如真剣な表情を浮かべる。

そして彼女は地面に正座をし、木剣を自分の前へ置くと、凜《りん》とした声を放った。

「アネット。貴方はこれからも変わらずあたしのメイドよ。でも、これからは……剣を持った時だけは違う。月夜の晩だけは……違う」

「お嬢様？」

「……これからどうか、ご指導ご鞭撻《べんたつ》の程、よろしくお願い致します、アネット・イークウェス師匠。どうか、あたしに剣を教えてください……あたしを、強くしてください！」

そう口にして頭を下げるロザレナ。

俺はそんな彼女に微笑みを浮かべ、開口する。

「勿論《もちろん》です。お嬢様」

「アネット……!!」

その後、頭を上げた彼女の顔は、もう先程の弱々しい雰囲気は一切なく。

お嬢様の瞳は以前と変わらない……いや、以前以上の、頂を見据える、獰猛《どうもう》な獣のような紅《あか》い瞳を爛々《らんらん》と輝かせているのだった。

◇　◇　◇　◇　◇

「アネットちゃん～？　玄関にお客さんが来ていますよ～？」

「はい、今行きますー！」

翌日、早朝午前六時過ぎ。

支度を整え、そろそろロザレナを起こしに部屋へ行こうと思っていた、その時。

突如、一階からオリヴィアの呼ぶ声が聞こえてきた。

こんな朝早くに来客など何事だろうと困惑しながらも、俺は階段を駆け下り、三階から一階のエントランスへと向かう。

玄関に辿《たど》り着くと、そこには、見覚えのある男が立っていた。

「よっ！」

「貴方は……」

そこにいたのは、昨日、フランシア家の令嬢に危うく賭けの勝品にされかけていた――二十代前半くらいの従者の男だった。

彼はボリボリと後頭部を掻《か》くと、疲れた顔をして、俺へと口を開く。

「お嬢の言っていた、ええと、《騎士たちの夜典《ナイト・オブ・ナイツ》》？　だっけか？　アレ、正式に学校に申請して通ったみたいだからよ。約束通り日取りを教えに来たんだわ」

「……それで、決闘の日程はいつになったのでしょうか？」

「五日後の土曜、午後八時だ。会場は時計塔最上階にある闘技場。全面ガラス張りの天井の、屋上に造られた空宙庭園で、星空の下、観衆たちが見守る中で決闘を行うらしいぜ。互いの存亡を賭けた戦いだってのに、中々ロマンチックな催しだよな、笑えるぜ」

そう言ってハハハと乾いた笑みを浮かべると、茶髪の男は、俺を哀れな者を見るような目で見下ろして、肩を竦《すく》める。

「まぁ、お前さんたちには同情するぜ。級長の座についてしまったせいで、お嬢に運悪く目を付けられてしまったんだからな。本当、ご愁傷様って感じだわ」

「……随分と、強気な発言ですね。貴方のお嬢様が私の主人に負けないとでも？」

「あぁ。まず、負けないだろうな。言っておくがうちのお嬢はめちゃくちゃ狡猾《こうかつ》で卑怯《ひきょう》なお人だ。勝つためならどんな汚い手でも使う、勝利への執着心が並みじゃない御方でな。お前さんとこのお嬢様は……見る限り、普通の奴だろ？　勝利への探求心、その貪欲さがまったく違う。あんたんとこのご主人様は正攻法で戦うだけの、ただのお嬢ちゃんだ。単純に相性が悪すぎる」

果たしてそれは……どうかな。

ロザレナのことを一日しか見ていないのに、よくそんなことを言えるな。

彼女はまだ『爪を研いでいる途中の眠れる狼』にすぎないというのに、この目の前の男は、それを理解していない。

まったく、うちのお嬢様を舐《な》めくさりやがって……てめぇんとこのドリル女、五日後にはうちのロザレナがブチのめしてそのドリル引き千切ってやるから今に見てろよ、オラァ！！！

「……何か、笑顔で怒っている？　君？」

「いいえ？　怒っていませんよ？」

おっと、ポーカーフェイスが危うく崩れ落ちるところだったぜ……。

笑顔笑顔♪　うん、アネットちゃんは今日も可愛《かわい》い女の子です♪　キャピッ☆

「……何か知らんけど悪寒がするから行くわ……。そんじゃ、日程のこと、お宅のお嬢に伝えておけよ？　それじゃ……」

そう言って、彼はヒラヒラと手を揺らしながら、満月亭から去って行った。

俺はふんと鼻を鳴らした後、エントランスの中へと戻る。

すると、廊下に隠れていたのか、オリヴィアがゆっくりと俺の前に姿を現した。

「あの……アネットちゃん、本当に決闘の取り下げを学校に申し入れなくて大丈夫だったんですか？　このままだとロザレナちゃんは、ルナティエさんって人と……」

「はい。ご心配には及びません。私の主人は勝ちます。私が勝たせます」

「？　何か自信があるのですか？　秘策でも？」

「フフッ、どうでしょうかね。とにかく、オリヴィア先輩が心配することは何もないですよ」

「うぅ～……私先輩なのに、こんな時にお二人の何の助けにもなれてないです～。自分の不甲斐《ふがい》なさを痛感しますよ～……」

「オリヴィア先輩……。いいえ、そんなことはありませんよ。この寮にオリヴィア先輩が居て良かったと心からそう思っています。残りの他の先輩は……剣にしか興味のない無口な先輩と、あとは女好きのアホな先輩だけですからね。貴方《あなた》がこの満月亭にいなかったら、間違いなく、ここは異様な空気感の変人だらけの寮になっていましたよ」

「アネットちゃん……」

「ハッハッハー！　今、俺のことを呼ぶメイドの姫君の声が聞こえたが……朝からそんなにこのマイスの顔を見たかったのかね？　うん？」

「呼んでません!!」「呼んでません～!!」

そう同時にマイスへとツッコミを入れていると、目の前にある階段から寮生たちがゾロゾロと降りて来た。

「三人ともおはよー！　ん？　何だか騒がしいねー、どうしたの？」

「アネット、おはよう。あら？　何かエントランスに人が多いわね？」

「……フン。朝から鬱陶しい奴《やつ》らだ」

こうして、何故かエントランスに集合した満月亭の面々と共に食堂へ向かった俺たちは、今日も今日とてオリヴィアのグロテスクな朝食の実験台になりつつ……時計塔へと登校していくのだった。

◇　◇　◇　◇　◇

オリヴィア、マイス、グレイレウスは三期生なので一期生と教室の階層が異なり、彼らは三階で俺たち三人と別れて行った。

俺たち一期生の教室は五階にあるので、登校の際は、長々と続くこの螺旋《らせん》階段をひたすら上っていかなければならない。

まぁ、これも足腰を鍛える修行にはなるかなと、この朝の風景を好意的に受け入れていると……軽快な足取で前を上って行くジェシカがこちらを振り返り、笑顔を見せてきた。

「この階段を下から上までバーッと登って下ったら、すっごく楽しそうだよねっ!!　良い運動になりそう!!　あっ、そうだ!!　ねぇねぇ二人とも!!　今から教室まで競争しない!?」

そんな溌剌《はつらつ》とした彼女の様子に、俺の隣で息を切らして階段を登っていたロザレナが、辟易《へきえき》した表情で口を開く。

「きょ、競争ですって!?　じょ、冗談じゃないわよ!!　ジェシカ、貴方どれだけ体力があるというの……!?」

「私、運動すること大好きだからさーっ！　それと、人と競争するって燃えるじゃん？

だから、ロザレナが決闘するって聞いた時、いいなーって、そう思ったよ!!」

「……変わった子ね。貴方を見ていると、些細《ささい》な悩みも吹き飛びそうだわ」

そう言って微笑《ほほえ》むと、ロザレナは突如立ち止まり、深く深呼吸をする。

そしてその後、目をカッと見開くと、彼女は人の波をかき分け、勢いよく階段を登って行った。

「ジェシカ・ロックベルト!! どちらが早く五階に辿り着くか、勝負よ!!」

「本当!? よーし、負けないよ――――っ!!」

勢いよく階段を駆け上って行く二人を、俺は背後で笑みを浮かべて見つめつつ、遅れないように後に続いて行った。

◇　◇　◇　◇　◇

結局、ジェシカに圧倒的な差でロザレナは敗北した。

だけど、それでも我がご主人様は清々《すがすが》しい笑みを浮かべて、額の汗を拭っていた。

「ふぅ。朝から運動するって、中々気持ちの良いものね」

「でしょー？ あっ、そうだ！ 今度からさ、私の日課のランニング、ロザレナも一緒にしようよ！　早朝と放課後、学園の外周を限界まで走り回るの！　すっごく楽しいよ！」

「それは中々……骨が折れそうな日課ね。でも、そうね。あたしももっと体力を付けないといけないことが分かったから……時折、参加させてもらうとするわ」

「やったーっ!!　道場にいた時はさ、誰かと走るのが癖になってたから、一人でランニングするの寂しかったんだよーっ!!　ロザレナ、ありがとうーっ!!」

　そう言ってロザレナの手を摑《つか》み、ブンブンと振ると、ジェシカは背を見せて肩越しに手を振ってくる。

「じゃっ、私のクラス、こっちだからー！　また放課後、寮でねーっ！　ばいばい二人とも一っ！」

　そう口にすると、彼女はスキップしながら、自分の教室である鷲獅子《グリフォン》クラスへと入って行った。

　俺たちはそんな彼女を見送りながら、廊下に立って同時に笑みを浮かべる。

「本当、あの子は見ていて気持ちが良くなるような、元気な子よね」

「そうですね。ですが、私は、あの熱血さを見ているとどうにも……あの男の顔がチラついてしまって……大分、苦手なタイプかもしれません」

「？　苦手なタイプ？」

「いいえ、何でも。さぁ、私たちも教室へ行きましょう」

「そうね」

互いに顔を見合わせ頷《うなず》くと、俺とロザレナは二人で並び、廊下の最奥にある教室、黒狼《フェンリル》クラスへと向かっていった。

◇　◇　◇　◇　◇

教室に入った瞬間。昨日とはまったく違う雰囲気の、クラスメイトたちの視線が俺たちに向けられる。

その視線は決して良いものではなく……敵意や悪意の伴った、嫌なものだった。

俺は前に立つロザレナの顔を背後から覗《のぞ》き見てみる。しかし、その顔は別段普段と何も変わりなく。

凜《りん》としたまま前を見据える、いつもの傍若無人なお嬢様のお顔だった。

「行きましょう、アネット」

「はい」

主人の後に付いて行き、教壇の前にある自分たちの席へと向かう。

粘つくような嫌な視線に晒《さら》されながらも、俺たちは平然とした態度で教室の端を歩いて行く。

その途中、俺はチラリと教室の様子に視線を向けてみた。

黒板に向かって階段状になり、カーブ状に端から端まで続いた机の最奥に座るのは、数人ほどの生徒の姿。

その生徒たちの殆《ほとん》どは、あのドリル女の取り巻きだった者たちだ。

仲間を集めたのか、どうやら昨日よりもその数は多くなっている。

「クスクス、来ましたよ？」「本当に、身の程知らずな御方《おかた》……」

彼女たちのこちらを見るその目は、どいつもこいつも俺たちを嘲笑《あざわら》うかのような——嘲笑の感情を含んだものだった。

なるほど。さっそく、そういう手を使ってくるわけか。

これは十中八九、あのドリル女がロザレナの精神を揺らすために仕組んだ策略の一つだろうな。

今朝、あの従者の男は、自分の主人は勝利のためならどんな汚い手も使うとは言っていたが……恐らくあのルナティエとかいう女は、決闘のその日まで、このクラスをロザレナにとって居心地の悪い空間にするのが目的なのだろう。

クスクスとこちらを見て笑っている女子生徒たちを遠目に見つめながら、俺はロザレナの後に続き、最前列にある自分の席へと到着する。

二人揃《そろ》って、自分たちの机の前に立つと、そこに広がっていたのは——誹謗《ひぼう》中傷の言葉が所狭しと机に書かれた、見るに耐えない光景だった。

見るも無残なその机の姿に呆然《ぼうぜん》としていると、ロザレナが自分の机を見下ろし、そこに書かれている文字を静かに読み上げていく。

「……『級長の座を降りろ、バカ女』、『自分の実力も分かっていないゴミクズ』、『貧乏女』、『四大騎士公の恥さらし』、『無能の劣等貴族の末裔《まつえい》』、『ビッチ』……か。アネット、貴方の方は何て書いてあるの？」

「ええと……『乳でかメイド』『化け物おっぱい女』……何故《なぜ》、胸のことばかり……」

「あはははは、それ、誉《ほ》め言葉なんじゃないの？　笑えるわね！」

「昨日のことだけですと、胸のことしか、私の印象が無かったのでしょうか？　中には『揉《も》ませろ』などという、明らかに男子によるセクハラめいたものもありますし……」

「なんですって!?　アネットの胸はあたしのものよ!!　誰にも渡さないわ!!」

「いや、私の胸は誰のものでもございませんよ、お嬢様……」

お互いに顔を見合わせ、クスリと笑うと、ロザレナは廊下の方へと視線を向ける。

「さて。流石《さすが》に授業前には、これ、消しておかないとね。水飲み場でハンカチを濡《ぬ》らしてきましょう」

「それは、そうですが……あの、お嬢様。この事を先生に言わなくてもよろしいんですか？　流石にこれは、度が過ぎた悪質な行為だと思うのですが……」

「構わないわ。言わせたい奴には言わせておけば良いのよ。ただ……この場であたしたちを笑ったあそこにいる連中のことは、絶対に、何があっても、忘れはしないけどね」

　そう言ってお嬢様は、遠くでクスクスと笑い声を上げる女生徒たちに対して鋭い目を向ける。

　その顔は悲嘆に暮れている……というわけではなく。

　ニヤリと、何故か不敵な笑みを浮かべているのだった。

◇　◇　◇　◇　◇

「じゃあ、昨日色々あってできなかったミーティング、今日しちゃいますよーっと。まず、自己紹介がまだだったかニャー。私は聖騎士団、元第二師団部隊長、ルグニャータ・ガルフルですー。剣の腕前は【剣侯】、魔法の腕前は『上三級』。みんな、よろしくねー」

　そう言って、何処《どこ》かやる気の無さそうな雰囲気の獣人族《ビスレル》の女教師ルグニャータは、ダボッとなった袖を口元に当て、ふわぁと大きく欠伸《あくび》をする。

　そして、頭に付いている猫耳を小指で掻《か》くと、黄色い目をパシパシと瞬かせて口を開いた。

「あー、見ての通り先生、猫型の獣人族《ビスレル》だからさー、日中眠くてたまらないんだよねー。

夜型なんだよ、先生はー。朝なんて働けるわけがないんだよー。もっと寝かせてくれニャよ～」

「あの……先生、一つよろしいでしょうか？」

手を真っすぐに上げて、席から立ち上がった坊主頭の丸眼鏡の青年。

そんな彼に対して、ルグニャータは半開きの目で面倒くさそうに教壇に置かれている生徒名簿に目を通す。

「なんだい、ええと、君は……マルガリくん」

「違います、マルギルです」

「おぉ、そうか。ごめん。で、何かな？　丸ハゲくん」

「丸ハゲ……いえ、もうそれで良いです。それよりも、先生。昨日から気になっていたことなのですが……その、貴方《あなた》の年齢は……いったい何歳なのでしょうか？」

誰もが疑問に思っていたことを、眼鏡のブリッジに指を当て、質問してくれた丸ハゲくん。

そう、この目の前の女教師、見た目が明らかに成人の女性とは思えない様相をしているのだ。

身長は目算で百四十センチ半ばくらい。

そんな彼女に合わせてか、この黒狼《フェンリル》クラスの教卓の前には、足場の台が置かれていた。

この教室だけ、どうにも教師も教卓も異様な姿をしていただけに、皆（ドリル女以外）、初日から困惑を隠せていなかったのだ。

「……」

丸ハゲくんの質問に、彼女は眠たそうな目を擦《こす》り、尻尾を揺らめかせる。

そして、ロリ猫耳女教師は静かに口を開くと、ぼんやりとした顔で衝撃の発言を放った。

「私……今年で三十六歳だけど？」

その言葉に、教室はただただ静まり返るしかなかった。


「……さて。それじゃあ今から、学年とクラスが記載されている腕章を配りまーす。面倒くさいので、一人ずつ前に来て適当に持って行っちゃってくださーい」

ルグニャータは床の上にある大きな段ボール箱を持ち上げ、教卓の上へと置いた。

そして、「はふぅ」と大きなあくびをすると、目をゴシゴシと擦り始める。

何か……やる気が無さそうな先生だな。この人、本当に教師なのか？

他の生徒たちはルグニャータの言葉に戸惑いつつも、席を立ち、それぞれ教卓の傍《そば》へと近寄って行った。

その光景を見て、ロザレナがこちらに視線を向けてくる。

「あたしたちも行きましょうか」

「ええ、そうですね」

ロザレナは席を立つと、腕章を取りに教卓へと向かって歩みを進めて行った。

俺も同様に、彼女の後ろを追いかけようと立ち上がった……その時。

「いたっ!!」

ドシンいう音と共に、通路にいたロザレナが、前のめりに床へと倒れ伏した。

そんな彼女の近くにいたのはショートカットの少女と、その取り巻きたち。

アレは……今朝見かけた、ルナティエの腰巾着だった奴《やつ》らだ。

俺はすぐにロザレナの下へと駆け寄り、通路の段差で倒れ伏すお嬢様へと声を掛ける。

「お嬢様！　大丈夫ですか!?」

「クスクス……ごめんなさぁい、ロザレナさん。前、よく見ていなかったわぁ」

「……よく見ていなかった？　貴方がたは今、お嬢様を故意に突き飛ばしたでしょう!?　私はちゃんと見ていましたよ!!　何てことをするんですか!!」

ロザレナの背を支えて起き上がらせた俺は、そう、背後にいる連中に声を荒げる。

するとそんな俺の言葉に、腰巾着どもは不快そうに眉をひそめた。

「メイド如《ごと》きが……アリス様に意見する気？」

「そうよそうよ！　平民風情が、リテュエル家のご息女であられるアリス様に異を唱えるなんて、百年早いのよ!!」

ぎゃーぎゃーと騒ぎ始める女子生徒たち。

……雑魚どもが。フランシア家というバックがあるから、お前らは良い気になっているだけだろうが。ぶっ飛ばすぞ。

眉間に皺《しわ》を寄せて連中を睨《にら》んでいると、腕の中にいるお嬢様が開口する。

「アネット、放っておきなさい。あたしは別に何ともないから」

「お嬢様！」

振り返ると、そこには微笑《ほほえ》みを浮かべるロザレナの姿があった。

ロザレナは膝に手を当て立ち上がると、ふぅと短く息を吐く。

そして、アリスに視線を向けると、彼女は不敵な笑みを見せた。

「次は気を付けなさいよね。さっ、腕章を取りに行くわよ、アネット」

「は、はい！」

俺は慌てて立ち上がり、平然とした様子のロザレナについていく。

その途中。チラリと背後を窺《うかが》ってみた。

アリスたち三人の腰巾着たちは、ロザレナの態度が気に入らなかったのか、お嬢様の背中を見つめ、何やら陰口を叩《たた》いている様子。

そして、最後列の席に座っているルナティエはというと……こちらを無表情で静かに観察していたのだった。

俺と目が合うと、彼女は視線を外し、自分のまき毛をクルクルといじり始める。

……なるほどな。手下にちょっかいを出させて、ロザレナがどういう反応を取るのか観察していたのか。

確かに、ディクソンとかいう従者が今朝言っていたように、あのご令嬢はとても狡猾《こうかつ》な性格をしているようだ。

相手の弱みを見つけるためならどんな策でも打ち、敵の痛がる箇所を見つけることができたら、そこを徹底的に叩いていく。

ルナティエという少女は、今、ロザレナの弱点を見つけようとつぶさに観察しているのだろう。

だとしたら――――お嬢様の弱点が見つけられるのも、時間の問題、かな。

「アネットー、何してるの！　早く腕章貰《もら》うわよ！」

「あ、はい！　ただいま参ります！」

急いで前を振り向き、教卓の前にいるお嬢様の下へと駆け寄る。

箱の中には、数字の『Ⅰ』と『黒狼《フェンリル》』の紋章が取り付けられた、たくさんの腕章が入っていた。

俺とロザレナは、その中から適当なものを見繕い、手に取る。

「あ、ちょっと待って。ロザレナさんは、こっちの腕章を付けて欲しいニャー」

ルグニャータはそう口にすると、懐から、他とは違う豪華な装飾が付いた腕章を取り出し、それをロザレナへと手渡した。

その腕章を受け取ると、ロザレナは首を傾《かし》げ、ルグニャータへと疑問を発する。

「何であたしだけ、他の人と違う腕章なんですか？」

「ロザレナさんは級長だからねー。級長は、特別な腕章を付けるのがこの学校のルールなんだよー」

「へぇ、そうなんですね。分かりました」

ロザレナはコクリと頷《うなず》き、腕章を受け取る。

そして腕章を手に取った俺とロザレナは、自分の席へと戻るべく歩みを進めて行った。

……その途中。向かいからルナティエが歩いていきた。

俺は、いつ何時なにがあっても良いように、ロザレナの背後で警戒心を高める。

だが、ルナティエは特に何もせずに、ロザレナの横を静かに歩いていった。

――――すれ違う間際。ルナティエはぽそりと、小さな声でロザレナへと声を掛けた。

「その腕章……大事に持っていると良いですわ。いずれ、わたくしのものになるのですからね。無くしたりしたら許しませんわよ？」

「それはどうかしらね。あんたのものには一生、ならないかもしれないわよ？」

「オホホホホホホ」「ウフフフフフ」

そう短く言葉を交わし、二人はそれぞれ別の方向へと歩き去って行く。

ウェーブがかった青紫色の髪を優雅に靡《なび》かせるロザレナお嬢様。

毛先がクルクルとまき毛になっている、派手な金髪を靡かせるルナティエ。

彼女たちの間には見えない、稲妻のようなものが奔《はし》っているように感じられた。

第5章 一学期・学園編 オッサンメイド、二人目の弟子ができる Chapter.5

猫耳女教師の年齢にクラスが騒然とし、ロザレナとルナティエの取り巻きがひと悶着《もんちゃく》を起こした——————その後。

特に目立った出来事は起こらず、学校の校則や必要連絡事項等の説明だけでミーティングは終わりを告げた。

そして始まった、昼休み。

俺は現在、学園の中庭で素振りをするロザレナを、ベンチの上から見守っていた。

「とりゃっ!! えいっっっっ!! とりゃっ!!」

「……」

彼女が今やっているのは相も変わらず、大上段からの振り下ろしである『唐竹《からたけ》』の型。

はっきり言ってしまえば、こんな速度も何もない鈍いだけの素人の大上段など、剣を学んだ者であれば軽々と回避できてしまうだろう。

けれど、遅いとはいえども、ロザレナのその『唐竹』は五年間振り続けて来た実績があるものだ。

剣を振る姿勢としては完璧に近く、相手が小柄な体格のあのドリル女だとすれば、当たれば威力も申し分は無いもの。

後はどうにかして『剣速』と『目』を養うことができさえすれば、彼女の『唐竹』は上等な剣技へと進化を遂げることができるはずだろう。

ロザレナにとって最も足りないもの。それは、実戦における経験といえる。

戦場を知る者とただ剣を振っている者では、その力量差に大きく差が出るのは当たり前のことだ。

故に、後は俺が彼女を打ちのめし……無理やり、その経験を底上げする必要がある。

「……とは言っても、ここは学校の中だから、実力を出すわけにはいかねぇんだよなぁ」

だから、彼女の経験を底上げする修練は、満月亭に帰ってからじゃないとできないな。

ここでは、ただ彼女の剣の素振りをぼーっと眺め、剣の振り方が間違っていればその都度指摘するくらいしかできることはない。

「あら？　あらあらあら？　あらあらあらあらあらあら？　これはこれはレティキュラータス家のご令嬢じゃありませんか～？　ご機嫌麗しゅう～。こんなところで何をしておられるんですの～？」

その時。

見慣れた金髪ドリルの女が口元に手を当てながら、俺たちの下へと近付いて来た。

彼女は今朝会った従者の男と、アリス含めた三人程の取り巻きを連れ、素振りをするロザレナの前に立った。

そして、バカにするように「ハッ」とあからさまな吐息を吐き、開口する。

「『唐竹』の素振りとは……クスクスッ！　そんなノロマな剣、絶対にわたくしには当たりませんことよ？　大上段の大振りをなさった瞬間、わたくしは貴方《あなた》の顎に剣先を突き付けてあげますわ。オーホッホッホッホッホッホッ!!」

「……ホッホッホッ、ホッホッホッ、うっるさいわねぇ。鳩《はと》じゃないんだから。で、こんなところまでわざわざ何しにきたのよ？　あんた？」

剣の素振りを止め、ロザレナはルナティエをジロリと睨む。

そんな彼女に、ルナティエは口角を吊《つ》り上げると、目を伏せ、胸に手を当てた。

「ロザレナさん。今の内に素直に負けをお認めになった方がよろしいのではなくって？　わたくし、貴方のことを色々と調べさせて貰いましたの。幼い頃は病気がちで王都の病室から出られず、レティキュラータス家では剣の師を雇う財力も無かったため、碌《ろく》な剣の稽古も受けさせては貰えなかった。そしてその後の五年間、剣とは無縁の修道院での生活を余儀なくされていた……そうですわよね？」

「あんた……どこでそんな詳細にあたしの情報を仕入れてきたのよ……」

呆《あき》れたため息を溢《こぼ》すロザレナ。ルナティエは続けて、鼻高々に口を開く。

「情報源はトップシークレット、ですわぁ！　コホン。話は戻りますが……つまり、貴方はただの素人にすぎませんの。七歳の頃から十五歳の今に至るまで、著名な騎士や剣士から剣の師事を受けてきたわたくしの敵ではないということですわ」

「あっそ。あたし、貴方が何者でも逃げる気はないから」

「まぁまぁ、まるで猪《いのしし》のように猪突猛進《ちよとつもうしん》なことで。彼我の戦力差を測ることもできないとは、貴方は前しか見えない獣か何かですか？」

「あーもう、嫌みったらしい奴ね!!　さっさと用件を言いなさいよ!!　わざわざ昼休みにあたしの下に来たってことは、何か目的があってのことなんでしょう!?」

「フフッ、そうですわね。このままじゃ実力に差が開きすぎてフェアじゃないと思いまして。騎士道に準ずる者として、貴方様に剣を学ぶ機会をプレゼントしてあげますわ。

——ディクソン」

「はいよ」

ルナティエがパチンと指を鳴らすと、今朝満月亭で会ったあの従者が前へと出た。

そしてルナティエはニコリと微笑むと、彼の肩をポンと叩いて口を開く。

「彼、こう見えてもそれなりに剣の腕があるのですよ。何と言ってもわたくしの剣の師でもあるのですからね」

「あー、まぁ、ぼちぼち、な。称号を直《じか》に貰ったことが無いからどのくらいのレベルがあるのかを口で説明するのは難しいが、そこそこの剣の実力はあるとは思うぜ」

そう言って彼は首に手を当て、ハァと息を吐く。

そんな彼の姿を瞳に捉えた後、俺は時計塔を見上げる。

そこには、窓を開けてこちらを見下ろす、たくさんの生徒たちの姿があった。

次に、中庭の周囲へと視線を向ける。

すると、そこにもこちらを見つめるたくさんの生徒たちの姿が散見された。

その光景を見て俺は、ふむと、頷く。

（……罠《わな》、だな）

ロザレナの剣の稽古に従者を充てがい、剣の修練を積ませる振りをして、予《あらかじ》め集めておいた観衆の前で、ロザレナを徹底的に打ちのめす。

今日、あの猫耳女教師から聞いた話では、《騎士たちの夜典《ナイト・オブ・ナイツ》》のルールにおいては、正式に決闘の受理を学校が承認した場合、決闘をする両名は《騎士たちの夜典《ナイト・オブ・ナイツ》》が開催されるまで互いに危害を加えることを禁ずるらしく、ルール違反が見られた場合、先に怪我《けが》をさせた方は即刻失格として敗戦となるらしい。

だから、ルナティエがロザレナに直接ダメージを与えることはできないが……従者である彼なら、別、というわけか。

勿論《もちろん》、再起不能なくらいボコボコにしたら、加害者は彼女の従者ということもあり、学校側も違反として認めざるを得ないのだろうが。

奴《やつ》らの目的はそんな危険を冒すことではなく、稽古と称し軽度にロザレナを痛め付け、観衆の前でロザレナの『弱さ』を見せつけるのが主目的なのだろう。

この学校は弱者の烙印《らくいん》を付けられた者には、誰もが容赦はしない。

弱者としてのイメージをロザレナに植え付け、周囲に多くの敵を作り、決闘までの時間、よりたくさんの精神的な揺さぶりを仕掛けるのが、この女が今取っている策なのだろうな。

「……ククク、俺も相当性格が悪いと言われてきてはいたが、これは中々……今朝のミーティングの時といい、面白いことをやってくれるじゃねぇか」

「？　アネット？」

背後に立って不気味な笑い声を上げる俺に、ロザレナは肩越しに視線を向けてくる。

だが彼女は特に気にすることも無く、前に立つルナティエへと顔を向けた。

「申し訳ないけれど、師事する人なら既にいるから。間に合っているわ」

「あら？　新たに教師を雇うほどのお金が、レティキュラータス家にあったのですか？　これは意外なことですわね。それはいったいどこの誰なんですの？」

「教師ならここにいるわ。あたしのとってもとっても大事なメイドの――――アネットよ!!」

そう言ってロザレナは俺へと手を向け、こちらにルナティエたちの視線を向けさせる。

お嬢様……俺、この学園で実力を隠すと言いましたよね？　何故《なぜ》、そんなに堂々と俺の紹介を……。

「プッ！　オホッ！　オ――――ホッホッホッホッホッホッホッッッッ!!!　そ、そのメイドが、貴方の剣の先生っ、なのですかっ!?　こ、これはこれはっ……プフッ、笑わせてくれますねっ、ロザレナさん！」

ルナティエが笑ったのと同時に、彼女の取り巻きの女生徒たちもクスクスと笑い声を溢していく。

あーまぁ、この調子なら俺の実力がバレる心配もないか……今の俺の見た目はただのメイドの少女だからな。とりあえずこの容姿に助けられたと言えるか。

ひとまずは一安心だな。

そう安堵《あんど》の息を吐いていると、ルナティエはお腹《なか》を抱えながら、ある提案をしてきた。

「プフフフッ、ウフッ、で、では、こういうのはいかがでしょうか？　貴方の師であるそのメイドと、わたくしの師であるこの従者がここで模擬戦を行う、というのは？」

「は？」

え？　何それ？　絶対にしたくない。

お嬢様、答えは分かっていますよね？　ね？

前にお話ししましたよね？　俺が実力を表に出せない理由は？　ね？

「良いわね。望むところよ!!　構わないわっ!!」

は？　え、何で構わないの？　ちょっとロザレナさん？　貴方、俺が前に言っていたこと、忘れていないかしら？

俺、この学校で実力バレたら貴方のメイドやっていけないんですけど!?

ちょっと、ロザレナさーん？

背後で俺がジト目を送っていたことに気が付いたロザレナは「はっ」とした顔で、ようやく自身の過ちに気付く。

「ちょ、ちょっと待って！　今の無し！　ア、アネットは戦わせないわ！」

「何故ですの？　あぁ、自分のお気に入りのメイドを傷付けられるのが怖くなりましたの？　大丈夫ですわよ。うちのディクソンは紳士ですから。貴方のメイドが地面に膝を付けるその惨めな姿を、観衆の前で披露するくらいで済ませてあげますわ。それとも……貴方が師事するそのメイドはそんなに弱いんですの？　だとしたら、貴方の実力の底も知れますわねぇ!!　オーホッホッホッホッホッホッホッホッ!!」

「何ですって!?　そんなことはないわっ!!　アネットをバカにするなら許さないわよ!!」

「では、模擬戦を行うことには同意してくださいますのね？」

「勿論よ!!」

「お嬢様……」

「あっ」

見事に簡単に乗せられてしまって……。

確かに、今朝あの従者の男が言っていたように、直情型のうちのお嬢様と、口八丁なあのドリル女はどうやら相性が悪そうだな。

仕方ない。ここはなるべく、実力を表に出さないようにして、上手《うま》く対処するしかねぇか……。

俺はため息を吐《つ》きつつ、申し訳なさそうな顔をするお嬢様の隣へと立った。

◇　◇　◇　◇　◇

《ディクソン視点》

「お嬢……いくら何でも、相手はただのメイドの少女ですぜ？　こんな観衆の場で大の男である俺が彼女をいじめたら、騎士道精神とやらを持つ聖騎士候補生の目にはあんまりよく映らないんじゃないですかね？」

俺はそう、隣に立つ、我が主《あるじ》であるルナティエお嬢様に声を掛ける。

すると彼女は口元に手を当てながら、こちらに薄紫色の瞳を向けてきた。

「良いからおやりなさい、ディクソン。あの使用人は……見たところレティキュラータスの息女の精神的支柱と見えますわ。対外的な評価など、後で黒狼《フェンリル》クラスの級長にさえなればいくらでも取り戻せます。今は、徹底的にあの女を打ちのめし、弱者であろうとも勝利を確実にするのが重要というもの」

「はぁ……。昔は英雄の領域に立った男とまで言われたこの俺が、まさかメイドの少女を痛めつけなければいけないところにまで落ちるとはねぇ。まぁ、お嬢の従者歴もそれなりに長くはなってきているから、こういうことも慣れてはきているけどよ……」

「良いですこと、ディクソン。貴方はわたくしの駒なのですわ。ですから、貴方はわたくしの指示を忠実に守っていれば良いのです。栄光あるフランシア家の人間の策略に、間違いなどあるはずがないのですからね！」

栄光あるフランシア家、ねぇ……。

お嬢は聖騎士団の指揮官になりたいのか何なのかは知らないが、俺にとってはそんなものはどうでも良いことだ。

冒険者ギルドを追放された俺にとっては、彼女がこの俺にただ剣を振れる場所を作ってくれさえすれば、何かを斬る舞台を用意してくれることができさえすれば、何も文句も言わないしルナティエが何を目指そうがいくらでも手は貸すつもりだ。

でも、まぁ、しかし……今から俺が相手をするのがただのメイドの少女であるというのは……何だか情けなくなってくる点ではあるなぁ。

俺はため息を吐きつつ、お嬢の前に出る。

すると、俺の姿に視線を向けた観衆たちが、ザワザワと騒ぎ始めた。

「……なぁ、あれって、元フレイダイヤ級冒険者、火翼竜《ワイバーン》殺しのロイドだよな……？」

「は？　見間違いなんじゃねぇのか？　だって、ロイドって、確か四年程前に人を斬って冒険者ギルドから追放されているんじゃ？　今も聖騎士駐屯区にある刑務所に収監されているんじゃなかったか？」

「そ、そうだよな？　やっぱ俺の見間違いだよな？　でも、何か似てるんだよなぁ」

「出所していたとしても、元最上級冒険者がこんな華族学校にいるわけないだろ。絶対勘違いだって！」

やれやれ……この学校ではもう少し静かに暮らしていきたかったんだがな。

もう、俺の正体に勘付く奴が出てきやがったか。

これは、早々にあのメイドちゃんには敗北してもらって、この場から去った方が得策かもしれんね。

「ふぅ……。お嬢、俺の木剣を」

「ええ、どうぞ。……あのメイドは《騎士たちの夜典《ナイト・オブ・ナイツ》》のルール適用外の無関係なただの使用人。多少痛めつけてあげても構いませんわ」

「相変わらず容赦のないこって……」

俺は木剣を手に持ち、前方へと視線を向ける。

するとそこに居るのは、レティキュラータス家の令嬢だけで、肝心のメイドの姿がどこにも無かった。

俺はその光景に、思わず首を傾《かし》げてしまう。

「おい、メイドの嬢ちゃんはどうした？　まさか……逃げたのか？」

「いいえ。愛用の武器を取りに教室に戻ったのよ。……あ、来たわ！」

丁度、校舎から出て来たメイドが、こちらに駆け寄ってくる姿が見えた。

彼女の手には……何故か、箒《ほうき》が握られていた。

「お待たせしました。ふぅ、ロッカーに箒丸《ほうきまる》を入れておいて良かったです」

「箒、だと……？　お、おいおいお嬢ちゃん、いったいそれは……何の真似《まね》だ？」

俺はそう、メイドの少女へと訝《いぶか》し気《げ》に声を掛ける。

すると彼女はキョトンとした顔をして、首を傾げた。

「何の真似、とは？」

「もし、まともな得物がないのなら……木剣を一本貸してやっても良いが？」

「その必要はございません。この箒は、私の愛刀ですから」

「愛刀？　まさか本気でその箒を使う気か？　冗談……じゃないんだよな？」

俺のその言葉に、メイドの少女はコクリと、頷《うなず》きを返してきたのだった。

◇　◇　◇　◇　◇

箒を真っすぐに構えると、目の前の男、ディクソンは瞠目《どうもく》して驚く。

そんな彼に、俺はニコリと微笑《ほほえ》んだ。

「私は、この箒を愛刀としてよく使っているんです。あの、別に箒を木剣代わりに使っても構わないですよね？」

「そりゃ、構わないが……あのなぁ、お嬢ちゃん。箒と木剣じゃ威力が違うし、何よりそいつは武器として造られたものじゃない。ただの掃除用具だ。そんなものでは剣をぶつけ合うどころか、当たったらすぐにボキッと折れちまうかもしれないぜ？」

「ご心配は無用です。ですが、もし貴方様《あなたさま》が不快に思うのでしたら……木剣に持ち替えますが？」

「いいや……お前さんがそれで良いなら俺は構わないよ」

そう言って引き攣《つ》った笑みを浮かべ、男は木剣を片手で持ち、構える。

そんな彼に倣って、俺も箒を両手に持って向き合った。……その時。

突然、周囲から嘲笑の声が聞こえてきた。

「クスクス……レティキュラータス家は箒を剣だと思っているのかしらね？」

「木剣を買えるお金も残っていないのではなくて？　これではレティキュラータス家の存続も危ういですわね」

「まぁまぁ、そんなことを言ってはお可哀想ですわ。何たって、ロザレナさんは剣のお稽古をメイドに付けてもらっているくらい、貧乏なんですからね。クスッ、いくらかお恵みを渡した方がよろしいのかしら？」

そう言って、ウフフフフと、ルナティエの取り巻きたちが笑っている声が耳に入ってきた。

ったく、好き勝手言ってくれやがって。

そろそろこの俺も、短い堪忍袋の緒が切れそうだぜ。

まぁ、とは言っても、目の前のこの男に全力をもってストレスをぶつけるわけにもいかねぇし……うーん、そうだな、どうすっかなぁ。

「……仕方ない。ここは何とか偶然を装うとするか」

ある作戦を考え付いた俺は、コホンと咳払《せきばら》いをする。

そしてその後。足を内股にし、眉を八の字にして、ウルウルと瞳を潤ませた。

箒を構える手をガクガクと震わせ、怯《おび》えた様相で口を開く。

「お、お嬢様ぁ!!　や、やっぱり、私、戦わないといけないんでしょうかぁっ!!」

「……は？　な、何!?　急にどうしたの!?　アネット!?」

俺の突然の変貌ぶりに、ロザレナの動揺した声が背後から聞こえてくる。

俺はそんな彼女を無視し、演技を続ける。

「そ、そうですよね、逃げちゃ、だ、駄目ですよね……。わ、わわわわ分かりましたっ!!　私は、実家のために、お嬢様の命令に従いますぅ!!　で、ででで、ですから、私を解雇しないでくださいぃぃ、お嬢様ぁぁ……!!」

「はい？　え、何？　貴方、いったい何を言っているの？　というか何その口調？　気持ち悪っ!!」

気持ち悪いとは何だ、気持ち悪いとは。

俺の精一杯のひ弱で可哀想《かわいそう》な女の子アピールなんだがっ!? このアネット・イークウェスちゃんだったらどんな演技をしても可愛《かわい》いだろうがオラァッ!?

……なんてことは勿論《もちろん》、言葉には出さず。

俺はそのまま、お嬢様に無理やり模擬戦に参加させられた可哀想なメイドを演じていく。

「さ、さぁ! き、来なさいっ!! 私が相手になってやりますっ!!」

そう言って震える手で箒を構える俺を見て、ルナティエは口元に手の甲を当て、高笑いを上げた。

「オーホッホッホッホッホッホッホッホッホッ!! 可哀想で哀れで惨めなメイドですわぁ!! レティキュラータス家の使用人は、まるで使い捨ての奴隷のように使役されているのですわね!! フフッ、さぁ、ディクソン、遠慮はいりませんわ。この不幸な家に従事している端女を思う存分痛めつけてやりなさい!!」

「お嬢……俺、今からあの泣きそうな子を剣でぶっ叩《たた》かないといけないの?」

「ディクソン? わたくしの命令は絶対、そうですわよね?」

「はぁ……。お嬢だって俺を奴隷のように使ってんじゃねぇか……分かったよ、やれば良いんでしょ、やれば」

男はしぶしぶといった様子でため息を吐くと、再び俺に視線を向けてくる。

そして、哀れむような眼《め》をして俺の下へと近付き、静かに口を開いた。

「まっ、運が無かったな、嬢ちゃん。手加減はするから、悪くは思うなよ」

そう言って、足を前へ踏み込むと、ディクソンは俺に向かって木剣を横薙《よこな》ぎに払ってきた。

「あわわっ!!」

俺は小石に躓《つまず》くふりをして、前のめりに倒れ伏し、剣を寸前で躱《かわ》す。

その様子に彼は一瞬驚いたように目を見開くが、偶然のことだと考え、再び剣を振ってくる。

今度は、起き上がろうとした俺の頭部に目掛けて剣閃《けんせん》を放ってきた。

俺はそれを、クシャミをすることで頭を横に揺らし、剣の一撃を回避する。

またも瞠目して驚く男。

だが、奴《やつ》が目の前にしているこの俺は、どう見てもか弱いメイドの少女でしかない。

視覚から入ってくる情報、そして、剣士としてある程度経験を積んだ人間であるのなら、どうしても認められはしないことだろう。

目の前のこの強者の気配を放たないただただ怯える少女が、偶然を装って剣を避《よ》けているなどという事実には、けっして。

「くそっ！　な、なんだこいつ!?　運の良い奴だなっ！」

「あわわわっ、こ、怖いっ!!　や、やめてください～!!　来ないでくださいい～っ!!」

逃げ惑う俺を追って、男が再度、背中に剣を横薙ぎに放ってくる。

俺はそれを、足をもつれさせたように見せかけ、再び転倒することで回避することに成功。

そして、泥だらけになりながら起き上がり、続けて向かってくる剣戟《けんげき》を「来ないで～」と叫び、ブンブンと適当に振ったように見せかけた筈で偶然を装い、奴の木剣にぶつけ、弾《はじ》くことで相殺する。

簡単に剣を防がれた目の前のその光景に、ディクソンは舌打ちをし、顔を顰《しか》めた。

「チッ！　ラッキーガールか!?　お前さん!?」

一向に俺に剣が当たらないことに苛立《いらだ》った男は、右斜め上段の『袈裟斬《けさぎ》り』を、尻もちをつく俺に対して容赦なく放ってくる。

しかし、苛立ったためか、その剣は不用意に大振りになってしまっていた。

その隙を見逃さず、俺は立ち上がり、剣が完全に振り下ろされる前に懐に入り、そして——転倒したと見せかけて、奴の股間に向けて盛大に頭突きをお見舞いしてやった。

「————あぐぅあっ!?」

声にならない声で口をわなわなとさせ、股間を押さえる男。

そしてその後、男は木剣を地面に落とすと、そのまま蹲《うずくま》るようにして地面に膝を突いた。

俺は立ち上がり、おどおどとした様子で箒を両手に握りしめながら、魚のように口をパクパクとさせているルナティエへと視線を向ける。

「あ、あああああの、これ、私の勝ちってことで……良いですよねぇ？」

「……」

目をまん丸にさせて、無言で俺の顔を見つめるルナティエ。

そんな彼女の姿に我慢ができなかったのか、背後にいるロザレナは大きな笑い声を溢《こぼ》した。

「フフッ、あはっ、あははははははははははははっ!!　な、何よ、そのバカみたいなマヌケな顔!!　クスクス、よ、ようやくアネットのやりたいことが分かったわ。そうね、これは……誰がどう見ても、うちのメイドの勝ち、よね?」

「ふ……ふざけたことを仰《おっしゃ》ってッ!!　こ、こんなの、剣士の模擬戦ではありませんわっ!!　そこのメイドの女は、ディクソンからただ逃げ惑っていただけじゃありませんのっ!!　ただの運の良さで摑《つか》み取った勝利を喜んで、いったい何になりますのッ!?　こ、これだから、無能で品の欠けるレティキュラータスは!!」

「貴方がどう思おうと勝手だけれど……貴方があたしを嵌《は》めるために周囲に配置した観衆は、そうは思ってくれるかしらね?」

そう言って、ロザレナはチラリと中庭の周囲を取り囲むようにして立つ生徒たちに視線を送る。

そこにいる生徒たちは、まるで喜劇を見ていたかのように、股間を押さえて蹲るディクソンを大笑いしながら眺めていた。

その光景を見れば、勝者が誰であるかは明白だと、そう問いたかったのだろう。

ロザレナは再びルナティエへと顔を向けると、フフッと、目を細めていたずらっぽく笑った。

その姿にルナティエは歯をギリギリと噛《か》みしめると、蹲るディクソンに、怒気を含んだ口調で声を掛ける。

「ディクソン!! 行きますわよ!! ここにいたら、良いお笑いの種にされてしまいますわ!! 栄光あるフランシア家の名に傷を付ける気ですかっ!! 貴方は!!」

「うぐっ……お嬢、こ、これは、男にしか分からない痛みなんだが……正直、今、立っていられないほど、やばい」

「そんなこと、わたくしが知るわけないでしょう!! 良いから早く立ちなさい!! 誰が貴方を我が家に拾い上げてやったと思っているんですかっ!!」

「わ、分かりましたよ……お嬢……」

そう言って震えながら立ち上がると、足を引きずりながら、ディクソンはルナティエと共にその場から去って行った。

まぁ、ここにいる観衆の目には、先程の決闘は間違いなくただの偶然の出来事として映ったことだろう。

俺の実力が露見しなかったと見て、まずは大丈夫そうかな。

俺はふぅっとため息を吐《つ》いて、ロザレナの下へと戻る。

すると彼女はケタケタと、未《いま》だにお腹《なか》を抱えて大笑いしていた。

「あはははははっ!! まったく、あんな手法で勝つなんてねっ!! こんなに笑ったのは久々よっ!!」

「……お嬢様～？　こんな事態に陥ったのが誰のせいなのか、ちゃんとお分かりですよね～？」

「はっ！……うぅぅっ。ご、ごめんなさい。全部あたしのせいです、はい……」

「まったく。次から気を付けてくださいよ？　こんな偶然を装った戦い方、何度もしていたら流石《さすが》に怪しまれてしまうんですからね」

「はい……以後、気を付けます」

「はい。ちゃんと反省してください」

そう言って俺は微笑《ほほえ》みを浮かべた後、しゅんとするロザレナに優しく声を掛ける。

「今度は、お嬢様があのルナティエさんを倒す番です。お分かりですね？」

「……ええ。今まで好き勝手言われた分、容赦はしないわ。全力で特訓して、あのドリル女をあたしは必ず倒す」

「良い心意気です。ですが、決闘の日まではあと五日しかありません。それまでに、私は全力をもってお嬢様を稽古致します。多少、厳しいものになるとは思いますが……お覚悟は、よろしいですね？」

「ええ。昨日、貴方に師事をお願いした時から覚悟は決まっているわ。……よろしくお願いします、師匠」

そう言うと、彼女は真剣な眼差《まなざ》しを、俺へと向けてくるのだった。

◇　◇　◇　◇　◇

「あの、一連の流れ……本当にただ運が良かっただけの、偶然なのか？」

中庭で起きたアネットとディクソンの模擬戦を見て、グレイレウスは顎に手を当て考え込む。

自分のように違和感を覚えた者がいないかと周囲を確認してみるが、そこにいるのは目の前で起きた奇跡的な偶然に笑い声を上げる観衆たちの姿だけだった。

そんな光景にフンと見下すように鼻を鳴らすと、グレイレウスは、ロザレナと共に去って行くメイドの背中へと視線を向ける。

「……そういえば、あのメイドの女は、オレの木人形が破壊されていたあの現場に居たのだったな」

何かを数秒程考えた後、彼は踵《きびす》を返した。

そしてその後、「……まさかな」と呟《つぶや》くと、彼はその場を後にした。

◇　◇　◇　◇　◇

中庭での騒動が収まり、放課後。

ロザレナと共に満月亭に帰ろうと、校庭を歩いていた最中《さなか》。

突如、背後から、聞き覚えのある元気いっぱいな声が聞こえてきた。

「二人とも――――っ!!　一緒に帰ろ――――っ!!」

「わっ、ちょっ、ジェシカ!?」

後ろから飛びかかられ、ロザレナは驚いた顔で振り向き、自分の背中に抱き着いたジェシカへと視線を向ける。

そんな背中に張り付いたお団子頭の少女は「えへへ」と照れたように笑うと、ロザレナから離れ、後頭部をポリポリと掻《か》いた。

「ごめん、馴《な》れ馴《な》れしかったかな?」

「う、ううん。そんなことはないけれど……少し、びっくりしただけよ」

「本当?　良かったぁ！　私ね、今、ロザレナとアネットしか同級生の友達いないからさ～。ロザレナに嫌われたかなと思ったら、ちょっとドキドキしちゃったよ！」

そう呟く彼女の顔は、珍しく何処《どこ》か寂し気な陰が宿っていた。

俺はそんな普段とは異なった彼女の様子に、質問を投げる。

「そうなんですか？　ジェシカさんは社交的なので、すぐにお友達ができそうな印象だったのですが？」

「いやー……実は私、まだ鷲獅子《グリフォン》クラスで新しい友達作れてなくてさー。この学校だとロザレナとアネットの二人しか、同級生の友達がいないんだよぉ～。だから、また一緒に帰ってくれると嬉《うれ》しいなぁ～」

「そうなの？　まぁ、あたしも似たようなものよ。黒狼《フェンリル》クラスにアネットがいなかったら、友達なんて誰一人としていなかったと思うし。それに、もうみんな仲の良い子で固まっている感じだしね」

「そうですね。この学校は貴族の子息の方が多いですからね。親同士の繋《つな》がりで、社交場などで出会ったことがある方々が、入学前から既にグループを作っていたのかもしれません。ですから、新しく友人を作ろうと思うと、結構難しいのかもしれませんね」

「やっぱ、そうだよねー。うーん、私、【剣神】の孫というだけで、身分はただの庶民だからさぁ。貴族の人たちとはどう接して良いのか分からないんだよぉ」

彼女のその言葉に、ロザレナはクスリと笑みを浮かべる。

「あら？　あたし、これでも一応貴族なのだけれど？」

「あっ！　そ、そういえばそうだった!!　いや、何というか他の貴族の子たちと違って、ロザレナはすっごく話しやすいんだよ!!　だって鷲獅子《グリフォン》クラスの子たち、私にお茶の話なんかを振ってくるんだよ!?　そんなの私、全然分からないもん!!　平民だし!!」

「フフッ。そうですね。紅茶を嗜《たしな》む貴族の方は多いですからね。でも、そういえば……ロザレナお嬢様はお茶の作法なんてまったく知らずに、幼少時から茶器をコップのように持ってガブ飲みしていましたよね？」

「う、うるさいわねぇ。そんなことを今、ここでバラす必要ないでしょ！　まったく、相も変わらず性格が悪いのだから……!!」

そう言ってフゥとため息を吐くと、ロザレナは何処か気落ち気味のジェシカに優しく声を掛ける。

「ジェシカ。今からあたしと、特訓でもして帰らない？」

「えっ？　特訓？」

「そう。ほら、あたしって五日後、あの金髪ドリル女と決闘しなければならないでしょ？　だから、そのための体力作りを今の内にしておきたいの」

「今朝の階段の時のように？」

「そうそう。だから、何処かで一緒に走ってから帰りましょう？　ね？」

「あっ……う、うんっ!!　そうだねっ!!　走ろうっ!!　ロザレナが決闘に勝てるように、私も一緒に特訓に付き合うよっ!!」

ロザレナの言葉に、パァッと顔を輝かせるジェシカ。

何となく、この二人は良いコンビになりそうな予感があるな。

真っすぐで曲がった事の大嫌いなロザレナと、天真爛漫《てんしんらんまん》で元気いっぱいなジェシカ。

性格的に見れば、相性はとても良さそうだ。

俺みたいな似非《えせ》少女ではなく、お嬢様に本物の女の子のお友達ができて、おじさんは凄《すご》く嬉しいです。

記念に二人の写真を撮ってアルバムを作りたいレベルです。ぐすん。

「じゃっ、あたし、ジェシカと何処かで走ってから帰るから――って、何泣いてんのよ、アネット」

「グスッ。我が子の成長に少々涙を」

可愛《かわい》がっていた子供に初めてのお友達ができると、お父さん（偽）って感動して涙が出るんだなぁ、と、元剣聖のおじさんはそう思いました。まる。

◇　◇　◇　◇　◇

――深夜。午前零時。

満月亭の寮生が全員自室に入って就寝したのを見計らって、俺とロザレナは寮を抜け出し、修練場に来ていた。

これから五日間、俺は本気でロザレナを鍛え上げなければならない。

本来であれば、基本となる型をじっくり鍛えながら、セオリー通りの剣術を教えていくところなのだが……。

最早《もはや》、そんな時間も猶予もない。

だから、俺はこれから先、ロザレナには荒療治のようなキツイ修行を課さなければならないのだ。

「えいっ!!　えいっ!!　えいっ!!」

人の気配がない、しんと静まり返った修練場には、ロザレナの剣を振る風切り音だけが鳴り響いていく。

俺は目の前で『唐竹《からたけ》』の素振りを行う彼女に、静かに声を掛けた。

「お嬢様、素振りはもう結構です」

「え？　そ、そう？」

そう言ってこちらに振り返ると、彼女は袖で額の汗を拭い、ふぅと大きく息を吐く。

そしてその後、小首を傾《かし》げて、俺に疑問の声を投げてきた。

「ねぇ、アネット。前は他の型も練習すべきだと言っていたわよね？　何で昨日急に、『唐竹』だけを練習するようにって、あたしに言ってきたわけ？」

「お嬢様。貴方様《あなたさま》が修道院に行って五年間、培われてきたものはいったい何ですか？」

「ええと……信仰系魔法と、『唐竹』の素振り……？」

「その通りです。決闘までの、たったの五日間……その少ない日数でそれ以外のものを得ようとしたところで、それは単なる付け焼刃にしかなり得ません。相手が基礎をしっかり学んでいる剣士ならば尚更《なおさら》です。今更、通常通りのセオリーで相手に勝とうというのは甚だ不可能な話なのです」

「通常通りのセオリー？　えっ、じゃあ、あたしはどうやってあのドリル女に勝てば良いの？　魔法……とかで？　でもあたし、信仰系魔法で覚えているの、治癒魔法だけよ？」

「いいえ、そうではありません。お嬢様には今から……私の速さを身体《からだ》で覚えて貰《もら》います」

「え？　身体でアネットの速さを覚える……？　そ、それはどういうことなの？」

「頭を守るようにして木剣を構えてください。ほんの少しだけ、力を出します」

「えっ？　いや、ちょ、まっ――――」

俺は愛刀箒《ほうきまる》丸を構え、跳躍すると……大上段からの振り下ろし、『唐竹』をロザレナに向けて放つ。

脳天を狙ったその一撃は、ロザレナがギリギリで構えた木剣に当たり、防がれた。

しかし、俺が放った一太刀の威力を抑えることはできなかったのか。

木剣は反動でロザレナの額に直撃し、威力を殺しきれなかった彼女は、そのまま後方へと吹き飛ばされて行った。

ゴロゴロと地面を転がって行き……ロザレナは、大木に激しく身体をぶつける。

土煙の中、倒れ伏したロザレナはゴホゴホと咳《せき》をしながら、上体を起こした。

「立ってください、お嬢様」

俺のその冷徹な一言に、ロザレナはガクガクと身体を震わせて、こちらに視線を向けてくる。

そして額から流れる血に触れると、赤く染まった掌《てのひら》を見て、彼女は怯《おび》えた表情を浮かべた。

「な、何をやっているの、アネット……。い、今の、完全に、あたしを殺すつもりだったんじゃ……」

「いいえ。死なない程度には加減しました。直撃したとしても、大怪我《おおけが》程度で済んだでしょうね」

「大怪我程度って、あ、貴方っ……!!」

「何をしているのですか、立ってください」

「え？」

「今のお嬢様は分水嶺《ぶんすいれい》に立っていることを御自覚ください。これから貴方様に待ち受ける未来は、二つに一つ。フランシア家の令嬢に倒され、【剣聖】の夢を閉ざすか、それともこの私と剣を打ち合って、勝利を摑《つか》むか。どちらかです」

「アネッ……ト……？」

その顔は、俺が最も彼女にはして欲しく無かった『俺に恐怖心を抱いた表情』だった。

だけど、この御方《おかた》を勝たせるためには、俺は鬼にならなければならない。

今ここで俺は、彼女を単なる『令嬢』から一端の『剣士』にするべく、メイドのアネット・イークウェスではなく、【剣聖】のアーノイック・ブルシュトロームとして、彼女の甘さを完全に捨てさせなければならない。

俺は大きく息を吐き、肩に箒《ほうき》を乗せると、怯えるロザレナへと鋭い目を向けた。

「――――おい、あの女と戦うことはお前が決めたんだろ、ロザレナ。だったら早く立て」

「……」

「昨日約束した通り、俺がお前を必ず勝たせてやる。だから、そのためにはさっさと立ちやがれ。そして、死にもの狂いで俺の剣を受け止めてみせろ。剣士として生きたいのならば、ここで甘さを捨てて、今、お前の本性を見せてみろ。……何をボサッとしていやがる、ロザレナ・ウェス・レティキュラータス！！！」

彼女の内に宿るのは、頂だけを見据える、貪欲で獰猛《どうもう》な獣。

相手が決して手の届かないルナティエ《月》だろうとも、襲い掛かり、牙を向く。

今までは戦場というものを知らなかった故に、その獣は檻《おり》の中に囚《とら》われていた。

だから俺は今ここで、彼女のその瞳に宿る獰猛な獣の心を、無理矢理解き放つ。

「な、生意気なメイド、ね……。だ、誰に対して、そんな乱暴な言葉を、使っているのかしら……！」

額から血を流しながらも、膝をガクガクと震わせながらも、ロザレナは木剣を杖《つえ》替わりにして立ち上がる。

そして、再び俺の前へと戻って来ると、紅《あか》い目でこちらを見据え、彼女は木剣を額の上に構えた。

「…………来なさい、アネット」

その声を聞いて頷《うなず》きを返すと、俺は再び跳躍し、大上段からの振り下ろし、『唐竹』を放った。

またもやその剣の威力を殺しきれなかったロザレナは、後方へと吹っ飛んでいき、背中を地面に擦り付けながらゴロゴロと転倒する。

だが、先程とは違い、ロザレナは怯えながらも即座に立ち上がった。

そして再び額の上に剣を横にして構え、叫ぶ。

「来なさいっっ！！！！」

そう勇ましく叫んだ彼女に、俺は笑みを浮かべながら、また容赦なく『唐竹』を放っていく。

人は……生物を殺すためだけに造られた『剣』という武器の怖さを知って、初めて戦士になる。

剣の怖さを知った戦士は、いくつもの死線を掻《か》い潜《くぐ》り、生きる活路を見つけたその時、『目』を得ることができる。

この平和ボケした学校の生徒に、戦士としての『目』を持っている奴《やつ》など、そうそう居はしないだろう。

俺のこの手から放たれる『唐竹』を受け止め切った、その時。

彼女は『戦士の目』を持った本物の剣士となる。

その地点に到達できさえすれば、お勉強と称して剣を習っているただの貴族の令嬢など、相手にすらならない。

彼女は一気に、多くの聖騎士候補生のレベルを超えることになる。

「来なさいっ!!　アネット!!」

俺は、何度も何度も立ち上がっては、何度も何度も燃えるような紅い瞳で俺を見つめる彼女の姿に、思わずワクワクしてしまった。

こんな感情、愛弟子《まなでし》のリトリシアに剣を教えていた時だって、覚えたことはない。

不思議な気持ちだ。

俺は……多分、高揚しているんだ。

彼女の、決して消えない燃え盛る炎の灯《とも》った紅い瞳に、惹《ひ》かれているんだ。

散々、悪魔だの化け物だのと言われてきた俺が、初めての敗北を知り、ただの人間であることをいつの日か誰かが証明してくれる——その念願だった存在にいつか彼女がなってくれるのではないのかと、俺はその眼《め》を見て、強い期待を抱いてしまっていた。

「はぁはぁ……まだまだぁっ!!」

お嬢様はけっして膝を折ることはしない。お嬢様はけっして止まることはしない。

何度も立ち上がっては、何度も吹き飛ばされる。

何かを目指す上で、執念ほど大切なものはない。

人は一度転ぶと、立ち上がるのが難しくなるものだ。

だからこそ、どんなに惨めな姿になろうとも、頂だけを見据えて前に進む、強き意志の心が剣士には必要となる。

お嬢様は、それを最初から持っている。だから、きっとこの御方は大丈夫だ。

きっと、ルナティィエにも勝利することができる。

自身の手で、家名を貶《けな》された雪辱を果たすことができるはず。

「……ゼェゼェ。ま、まだよ!!　来なさい、アネット――――ッ!!」

「はい」

俺は返事をして、箒を上段に構え、高く跳躍する。

その後、修練場に、剣を打ち合う音とお嬢様の大きな声がいつまでも轟《とどろ》いていた。

◇　◇　◇　◇　◇

ロザレナに指導を始めた日の、翌日。放課後。

お嬢様と共に帰り支度を整え終えた俺は、彼女と一緒に教室から廊下へと出る。

そして、階段側に一番近い、鷲獅子《グリフォン》クラスへと顔を出した。

教室を覗《のぞ》くと、ジェシカが、黒板前で何やら同級生と会話している姿があった。

ロザレナはそんな彼女に対して、遠慮なく声を掛ける。

「ジェシカー、来たわよー」

「あ、ロザレナ！　アネット！」

ジェシカはクラスメイトに断りを入れると、鞄《かばん》を肩に掛け直し、俺たちの下へと駆け寄ってきた。

そして、えへへと、無邪気な笑顔を見せてくる。

「昨日一緒に帰ろうって言った約束、覚えていてくれたんだ！　嬉《うれ》しいなぁ！」

「友達がいないって言っていたけど……何だ、普通に居るんじゃない」

ロザレナはそう言って、チラリと、先程ジェシカが話していた生徒たちへと視線を向ける。彼女たちはジェシカが居なくなっても、会話に花を咲かせている様子だった。

「あ、あははー。何かみんな、恋バナしてるみたいなんだー。楽しそうだったから、交ぜてもらってたんだよー」

「ふーん？　恋バナね」

「ロザレナはそういうの興味ないの？」

「ないわね。そもそも男の子に興味の欠片《かけら》もないし」

二人はそんな会話を交わし、一緒に並びながら廊下を進んで行く。

俺は二人の後を、半歩遅れてついていった。

「えー？　ロザレナって、すっごく綺麗《きれい》じゃん？　勿体《もったい》ないー」

「あたし、本命がいるから。他の人のことなんてどうでもいいのよ」

「え……？　えぇ――っ!?　う、噓《うそ》、どんな人なの!?　貴族だから、もしかしてお偉いところの御曹司とか!?　婚約者!?　きゃーっ!!」

一人、興奮した様子を見せるジェシカ。

そんな彼女に対して、ロザレナは勝ち誇ったような笑みを浮かべた。

「あたしが好きな人は、どんなイケメンが束になっても敵《かな》わないような、そんな人物よ」

「そんなにかっこいい人なの!?　いいなーいいなー」

「でもその人、あたしがどんなにアプローチしてもスルーするのよね。本当、困った人よ」

そう口にして、お嬢様は肩越しにチラリと俺に視線を送ってくる。

俺はその視線に対して、ぷいっと、違う方向へと顔を背けた。

そんなこちらの様子に、ロザレナはあからさまに大きなため息を溢《こぼ》した。

「？　アネットのことをジッと見て、どうしたの？　ロザレナ？」

「何でもないわ」

「そうなの？　あ、そうだ！　アネットは？　好きな男の子とかいな――――」

「いませんね。そんな誰得地獄展開、勘弁してもらいたいので」

「うぉ、何か食い気味に返答してきたね。こういう話題、もしかして苦手だったりする？」

「ノーコメントで」

何で、中身四十八歳のオッサンである俺が、女学生とキャッキャウフフと恋バナしなくちゃならねぇんだ……。

この甘ったるい空気の中に、前世の筋骨隆々の髭面親父《ひげづらおやじ》が交じっていると考えると、地獄でしかないな……。本当に、何故《なぜ》、こうなってしまった……。

そう、現在の状況に憂鬱になっていると……ロザレナがスッと前に出て、こちらを振り返った。

「ごめん、あたし、ちょっとトイレに行ってくるわ。その辺で待っててくれる？」

「畏《かしこ》まりました」「うん、分かったよ」

ロザレナはそのまま歩みを進めて、廊下の奥にある女子トイレへと入って行った。

その光景を見て、俺はあることに気付く。

「トイレ……か」

……そうだ。これから先、学生生活を送る上で最も危惧すべき難題があった。

それは、今、お嬢様が入って行った……女子トイレの存在だ。

今のところ、俺は、学校で尿意を覚えたことは一度もない。

しかしこれから先、学校生活が長引けば長引くほど、そういった事態に見舞われる日が自《おの》ずと来ることだろう。

果たしてオシッコをしたくなった時、俺は、どこに行けば良いのだろうか？

男子トイレは……駄目だな。

入った瞬間に、変態痴女メイドの称号を得てしまうからだ。

だったら、女子トイレ……も当然、絶対に駄目だ。

漢《おとこ》として、そんな不埒《ふらち》な行い、絶対に許されないからだ。

こんな形でも、俺は男で在り続けていたい……‼

しかし、このメイド、中身はオッサンなのに、見た目はどう見ても女の子なのである。

アネット・イークウェスちゃんじゅうごさいは、自他共に認める美少女なのである。

きゃぴぴっ☆

「うぅ……いったい……いったい俺はどうしたら良いんだ……‼」

「んー？　どうしたの、アネット？　トイレの方を見て、眉間に皺《しわ》を寄せて？」

「……何でもありません。何でも」

一先《ひとま》ず、トイレの件は後回しにしておこう。

うん、怖いことは後で考えることにしよう。そうしよう。

「ねぇ、アネット。一つ……私の話を聞いてもらっても良いかな？」

突如、ジェシカは顔を俯《うつむ》かせると、俺にそう声を掛けてきた。

俺は沈痛そうな彼女の様子に、首を傾《かし》げる。

「？　どうかなさいましたか？　ジェシカさん」

「私ね……ある悩みがあるの。その悩みを解決するために、アネットに助言を貰《もら》いたいんだ」

「悩み、ですか。私で解決できるかは分かりませんが……何でもお聞きになってください」

「ありがとう。その……ね」

ジェシカは顔を上げると、キョロキョロと辺りを見回し始める。

そしてその後、俺の右手の手首を摑《つか》むと、人気《ひとけ》が少ない階段前へと移動し始めた。

踊り場に辿《たど》り着くと、ジェシカは大きく深呼吸をして……こちらに真剣な表情を見せてくる。

「あの、ね」

「はい」

「私……女の子らしくないのが悩みなんだ。どうしたら、アネットみたいな女の子らしい女の子になれるのかな」

「え？　私が、女の子らしい、女の……子、ですか？」

「うん！」

この中身オッサンの似非《えせ》メイドが？　いったい何を言っているんだいこの子は？

俺はコホンと咳払《せきばら》いをし、ジェシカへと引き攣《つ》った笑みを向ける。

「いや、ジェシカさんの方が私なんかよりも一億倍、女の子らしいですよ？」

「私……お子様体形でしょ？　胸もぺったんこだし、背も低いし。同年代の子と比べても全然、成長しないなーって。その点アネットってすっごい発育良いじゃん？　だから、何か秘訣《ひけつ》でもあったら教えて欲しいなって、前から思っていたの！」

キラキラと目を輝かせて、クマ耳のようなお団子頭をぴょこぴょこ動かす少女。

い、いや、そんな目で見つめられても、おじさんには何も分かりませんよ？

というか、基本的に何もしていません。

むしろ未《いま》だに女性の身体《からだ》には戸惑うことの方が多いです。

「ジェ、ジェシカさんには、ジェシカさんの魅力があると思いますよ？　無理に、胸を大きくする必要は無いんじゃ……」

「お願いアネット!!　私、アネットみたいにボインボインのバインバインになりたいの!!アネットの身体が私の理想なの!!」

「ボ、ボインボインのバインバイン……」

さらにぐいぐいと、こちらへと詰め寄ってくるジェシカ。

か、顔が近い……あと、胸が……ジェシカの胸が俺の胸に当たっているのだが!?

「ねぇ、お願い、アネット。何でも良いから、私にアドバイスをくれないかな……！」

潤んだ瞳でこちらを真っすぐに見つめてくるジェシカ。

正直に「特に何もしていない」と返答をするのは簡単だが……真剣に悩んでいる彼女に対してそれは、あまりにも酷ではないか。

し、しかし、俺にアドバイスできることなど何もないしな……うーん。

悩みに悩み抜いた末、口から出た答え。それは、安直すぎるものだった。

「毎日、牛乳を飲む……とか？」

俺のその苦渋の言葉に、ジェシカはパァッと顔を輝かせ、両手で俺の手を握ってきた。

「ありがとう、アネット!!　そっか、牛乳か!!　うん、毎日飲んでみるね!!」

手を握りながらピョンピョンと可愛《かわい》らしくジャンプするお団子少女。

う、うーむ、この子、純粋すぎるな……騙《だま》されやすいタイプなんじゃないだろうか？

適当なことを言ったばかりに、ほんの少しだけ、罪悪感を覚えてしまう。

「こんな悩みを真剣に聞いてくれるなんて……アネットは本当に良い子だね！　ありがとうー!!」

天真爛漫《てんしんらんまん》な笑みを見せて、ニコリと満面の笑みを浮かべるジェシカ。

そんな彼女の姿に、俺は思わずドキリとしてしまった。

この子は無理に自分を変えなくても、そのままでも十分可愛らしいのではないか。

ジェシカ・ロックベルトの魅力は、その純真さにあるのではないか。

人を疑うことをせず、純粋な心で真っすぐに相手へ感情を伝える。

俺のような荒《すさ》んだ人間には、眩《まぶ》しい存在。それが、彼女の魅力だと俺は思う。

「……じーっ」

「はっ！　殺気！」

背後に視線を向けると、そこには、廊下の角に隠れ、俺を見つめているロザレナの姿があった。

ロザレナは手を握り合う俺たちにジト目を向けると、眉間に青筋を立てる。

「コルルシュカの時もそうだったけど……このメイドは、女の子を口説かないと生きていけないのかしらねぇ……」

「いやいやいや、口説いてないですよ、お嬢様？　コルルシュカの時もそうなのですが」

「んー？　どうしたの、ロザレナ？　何で怒っているの？」

ジェシカは俺から手を離すと、不思議そうに首を傾げる。

そんなジェシカに対して、お嬢様は「ふん」と不機嫌そうに鼻を鳴らすのだった。

◇　◇　◇　◇　◇

その後、昨日のようにランニングしてから寮に帰ると言ったロザレナは、俺と別れ、ジェシカと一緒に校舎の周りを走りに行った。

俺は二人を見送ると、一人で帰路に就く。

時刻は午後十五時過ぎということもあり、空は夕焼けで紅《あか》く染まっていた。

カーカーと鳴き声を上げげ、空を舞うカラスを見つめながら、下校すること数十分。

俺は、満月亭へと無事に帰宅した。

「ただいま戻りましたー……っと、あれ？　グレイレウス先輩？」

扉を開け、エントランスに入ると、何故かそこにはグレイレウスの姿があった。

彼は壁に背を付けて腕を組んで立っており、俺の姿を確認した途端、その顔を険しいものへと変化させる。

「……帰って来たか。ん？　おい、いつものうるさい女はどうした。一人か？」

「はい。お嬢様はジェシカさんと一緒に運動してから帰宅するそうです」

「そうか……それならそれで、試すのには好都合だな」

「？　試すのには好都合？」

「いや、何でもない。実はお前に話があってな。少し、食堂に顔を貸してくれないか？」

「食堂に、ですか？　ええ、良いですけれど……グレイレウス先輩が私に話だなんて珍しいですね？」

「すぐに済む話だ。手間は取らせない」

「はぁ……そうですか。分かりました」

俺は靴を脱ぎ、スリッパに履き替えると、グレイレウスの後に続いて長い廊下を渡って行く。

その間は終始、二人とも無言だった。

何となく、辺りに気まずい空気が漂っているような、そんな気配がする。

「……」

「……」

「……」

「……悪いな」

「え？」

無言で廊下を歩いていた、その途中。

彼はポツリと謝罪の言葉を呟《つぶや》いた。

そして次の瞬間、足を止め、こちらへと振り返ると――グレイレウスは一瞬で鞘《さや》から二本の刀を抜き放ち、俺へと、斜め縦振りの剣閃《けんせん》を放ってきた。

俺はその二つの剣を、軽く身体を反らすことで難なく回避する。

そしてその直後。俺は反射的にカウンターのハイキックを、グレイレウスの頬にブチこんでしまった。

「あっ」

「ぐふっ!?」

俺の蹴りがダイレクトに決まり、そのまま廊下の奥へとすっ飛んでいくグレイレウス。

そして「ドシャァァン」と盛大に音を立てて食堂のドアに叩《たた》きつけられた彼は、目を閉じ、そのまま気絶してしまったのだった。

「あっちゃぁ……」

咄嗟《とっさ》に手が出てしまったことに、俺は思わず自己嫌悪してしまう。

でも、最初に攻撃してきたのはあいつの方だから、まぁ、イーブン、かなぁ。

そうだな、これは正当防衛だな、正当防衛。

ちょっと力みすぎて過剰防衛しすぎちゃったかもしれないが、うん、これは間違いなく正当防衛だ。

そう自分を納得させて、俺は倒れ伏すグレイレウスに近寄り、彼の顔を見下ろす。

「……にしてもグレイレウスの奴《やつ》、何で突然、俺を攻撃してきやがったんだ？」

何か、俺、こいつの気に障ることでもしたのか？

それとも、何処《どこ》かで俺の実力がバレたから、試そうと思って斬りかかってきたのか？

うーん、よく分からないなぁ。

起きたらそこのとこちゃんと話してみっかな……こいつのことだけは、未だに寮生の中でも謎な部分が多いし。

「ええと……このままここに寝かせていては、可哀想《かわいそう》、だよな？」

俺は頬をポリポリと掻《か》きつつ、まだ幼さの残るその青年の顔を、困惑気味な表情で見下ろした。

◇　◇　◇　◇　◇

《グレイレウス視点》

オレは――――グレイレウス・ローゼン・アレクサンドロスは、強くならなければならない理由がある。

何故《なぜ》ならオレは、亡くなった姉の無念を晴らすために、今を生きているからだ。

『良い、グレイ。私はね、将来【剣神】になって、弱い立場にいる人たちを守れる人になりたいんだ』

そう口にして、彼女は赤褐色のマフラーを風に靡《なび》かせる。

オレの姉は強くて美しく、剣の才能のあった聖騎士だった。

姉はいつも口癖のように、自分はいつか必ず【剣神】になるのだと、そう豪語していた。

養父母であるアレクサンドロス男爵夫妻も、義理の弟たちも、みんなそんな姉が自慢であったし、オレ自身も、そんな彼女のことが大好きで心から尊敬の念を抱いていた。

だが……姉は、【剣神】になる夢を叶《かな》える前に、帰らぬ人となってしまった。

見るも無残な姿になって、屋敷には、彼女の遺体と形見のマフラーだけが帰ってきた。

『お姉ちゃん、嫌だよ!!　僕を一人にしないでよーっ!!』

その遺体は、頭部のない、傷だらけの胴体のみという凄惨な有様だった。

王都や領都に神出鬼没に現れる、女剣士の死体の頭部を集めて回る快楽殺人鬼、首狩りのメリッサ。

奴の手によって、たった一人の肉親であったオレの姉は殺されてしまったのだ。

『ぐすっ、お姉ちゃんの夢は、僕が代わりに継いでみせるからっ!!　僕は必ず、【剣神】になってみせる!!　お姉ちゃんのお顔も絶対に、僕が取り戻してやるから!!』

形見のマフラーを首に巻き、オレは決意する。

姉を失ったその後、オレは、ひたすら剣の腕を磨き続けた。

姉の目指した【剣神】になるという夢を引き継ぎ、仇《かたき》である首狩りを見つけ出し、奴を屠《ほふ》る力を得るために。

来る日も来る日も剣を振り続け、自己研鑽《けんさん》に励んで行った。

他者を遠ざけ、自分の信念が決して鈍らないように――――孤独の道をオレは歩んだ。

復讐《ふくしゅう》の道に、情など不要だから。

「……そうだ。だからオレは強くならなければならないんだ。そう、絶対に、誰にも、負けるわけにはいかないんだ……」

「そうですか。グレイレウス先輩は、本当に……昔の私にそっくりですね」

「え？　姉さん……？」

「いいえ。私は貴方《あなた》のお姉さんではありませんよ」

ぼんやりとした視界が回復してくると、そこに居たのは——こちらを優し気な表情で見下ろしている、栗毛《くりげ》色の髪のメイドの少女だった。

その絵画のような美しい少女の姿に、オレは思わず目を見開き、唖然《あぜん》としてしまう。

「オレは、いったい……？」

ようやく、今の状況に理解が追い付く。

何故だかは分からないが、今現在、オレは食堂にいて、そして彼女の膝の上で……膝枕をされていたのだった。

「な、なななななっ、な、何をしているんだッッ!?　き、貴様ッ!?」

今置かれている自身の状況を把握した途端、オレは自分が情けなくなり、居てもたってもいられず飛び起きようとした。

だが、彼女はオレの顔を両手で押さえつけ、ムッとした表情でこちらを見下ろしてくる。

「動かないでください。今、頬に薬を塗っているのですから」

「頬!?　薬!?　い、いったい何を言って……痛ッ——————!」

指に付けていた冷たい塗り薬みたいなものをオレの頬に満遍なく塗ると、彼女は近くにあったタオルで手を拭き、ニコリと微笑《ほほえ》む。

「申し訳ございません。グレイレウス先輩の寝言を聞いていたら、どうにもその境遇が他人事《ひとごと》だとは思えず……思わず、お節介を焼いてしまいました」

「寝言、だと……？　いったいオレは、何を……」

「亡くなったお姉さんへの後悔の言葉を発していましたよ。私も、過去、姉を失った経験がありますから……今のグレイレウス先輩のお気持ちは痛いほどよく分かります」

「……お前も姉を失っていたのか」

「はい。とは言っても、生前――いえ、過去の出来事なんですがね。血の繋《つな》がらない育ての親であった姉を、ある心の無い人間たちのせいで……私は、理不尽に奪われてしまったんです」

「お前は……復讐心に駆られはしなかったのか？」

「最初は復讐心だけで生きていました。実際、当の仇である者たちだけではなく、この世界にいる全ての者が敵に見えた時期がありました。誰彼構わず傷付け、怒りを撒《ま》き散らして……何でこの世界は弱者にこうも冷たいのかと、絶望していましたよ」

「今のお前は、そんな風に思っているようには見えないが？」

「ええ。私は師に出逢《であ》い、全ての者が敵ではないことを知りましたから」

「お前は、オレに復讐をするなと、そう言いたいのか？」

「いいえ。けっしてそんなことは言いませんよ。だって、被害者が泣き寝入りしかできないというのは、おかしいことじゃありませんか？　ムカツク奴はぶっ飛ばしてしまった方が良いに決まっています。先に復讐を遂げた者としては……オススメですよ？　復讐」

そう言って目を細めて笑うメイドの女に、オレは思わず口元に微笑を浮かべてしまう。

「フッ……既に復讐を終えてしまっている先達の者だったか。まったく、面白い女だな、貴様は」

オレは起き上がり、頬を触りながら、彼女へと視線を向ける。

「貴様はいったい何者なんだ？　メイドの女……いや、アネット・イークウェス。オレのこの頬を殴りつけたのはお前なのだろう？　はっきり言って、まったく攻撃の瞬間が見えなかった。剣を抜いた瞬間、気が付いたら一瞬にして意識が奪われていた」

「グレイレウス先輩。お願いがあります。私のことは……その、あまり詮索しないでもらえないでしょうか？」

「？　何故だ。お前がオレを圧倒する力を持っているのは事実なのだろう？　誇って良いことだと思うが？」

「……事情があるのです。もし、私の実力が世間に広まってしまったら……私は、この学校に在籍してはいられなくなってしまいます。ですから……」

そう口にすると、眉を八の字にし、こちらに悩まし気な表情を見せてくるアネット。

その様子から見て、本当に何らかの事情を抱えていることが察せられた。

ここでこの女を退学に追いやっても、オレには特に何のメリットもない。

むしろ、強者と戦う絶好の機会を失うだけだろう。

オレを圧倒する力を持つ候補生など、この学校にはそうそういない。

……それに、恐らく、フレイダイヤの鎧《よろい》が入った木人形を壊したのは……こいつだと思われるからな。

そんな尋常ならざる異常な力を持った存在を、みすみす手放してなどなるものか。

「お前の実力を秘匿してやる代わりに、ある条件がある」

「条件、ですか？」

「あぁ。その条件は――――オレをお前の弟子にすることだ、アネット・イークウェス」

「へ？」

オレのその発言に、メイドの少女、アネットは、目をパチパチと瞬かせた。

◇　◇　◇　◇　◇

なぁ、おい、俺よ……お前はいったい何してくれちゃってんだ？

いや、グレイレウスの奴が昔の自分に似ていてほっとけなかったってのは分かるぜ？

ああいう、復讐に駆られて剣だけを振り続けている奴は、総じて盲目的になっていやがる事が多いからな。

亡くなった姉を求め、過去に囚《とら》われているのは……いつかのガキの頃の俺を見ているようで、どうにも手を差し伸べたくはなる。

そう、その気持ちはアーノイック・ブルシュトロームとしてはごく自然のものだから、奴との対話を試みた点は別段悔やむことは無い。

俺が今、もっとも後悔すべき点は……あの場で俺が取ったある行動についてだ。

「なぁ、おい……何で俺、膝枕とかしちゃってんの？」

よくよく思い返すと、アレ、おかしくね？

だって俺、オッサンなわけよ？　何で傷薬塗るのに自然と膝枕とかしちゃってるわけ？

またあれか？　ルイスの時に発症した謎の母性本能（笑）が発動して、自然とああいう行動取っちゃったのか？

髭面《ひげづら》のムキムキのおっさんが「動かないでください」とか言ってグレイレウスの頬に手を当てて膝枕する姿を想像してみろよ、オイ……。

うぷっ……考えてみたら吐き気がしてきた……何つー行動取っていやがるんだ、俺は。

……良いか、アネット・イークウェスよ。

ナイスバディの美少女に転生しても、お前の中身はあのムキムキの親父《おやじ》なんだからな？

分かってる？　そこのところ、ちゃんと分かってる？

「はぁ。どうなってるんだ、俺は……まさか、本当に心まで女化してきてるんじゃねぇだろうな……」

「ちょっと！　アネット！　聞いているの!?」

「は、はい！　な、何でしょうか、お嬢様！」


——深夜。

いつもの修練場で、これからロザレナと稽古を始めようと思っていたんだが……今日はこの場に、俺たち以外のもう一人の存在があった。

そう、それは、今日の昼間、俺が盛大にハイキックをブチ込んでしまった男……グレイレウスだ。

事前にもろもろの事情を話してはいるものの、ロザレナはまだこの状況を受け入れ辛《づら》いのか。肩を怒らせながら、背後にいる彼に向かって人差し指を突き付ける。

そして俺に鋭い目を向けると、大きく口を開いた。

「アネットの実力がこの男にバレちゃったのは、理解したわ。でも……何であたしとアネットの修行の時間に、こいつがここにいるのよ!!　せっかくの二人きりの時間なのに!!　邪魔者も良いところだわ!!」

「いえ、その、何と言いますか……どうやら彼は、私とお嬢様の修行を見学したいみたいで」

「見学ですってぇ!?　いったい何のためにぃ!?」

ロザレナのその疑問の声に、グレイレウスは静かに応える。

「アネットの剣を直《じか》に見てみたくてな。無理を承知でここまで同行させてもらった」

「アネットのこと呼び捨てにしてんじゃないわよ!! ぶっ殺すわよ!!」

「? おい、アネット、この女はさっきから何故《なぜ》、オレに対してこんなに怒っているんだ?」

「あー!! また呼んだー!!」

眉間に皺《しわ》を寄せ、歯をギリギリと噛《か》みしめて憎悪の目でグレイレウスを睨《にら》むロザレナ。

俺はそんな彼女に乾いた笑みを見せた後、コホンと咳払《せきばら》いをする。

「お嬢様。彼は、私の実力を周知させない代わりに、どうやら私の弟子になりたいらしいのですよ」

「はぁ!? 弟子ですってぇ!? アネットの弟子は生涯であたしだけよ!! グレイレウス!! あんたなんかお呼びじゃないのよっ!! シッシッシッ!!」

いや、あの、もう既に前世の弟子……リトリシアがいるからロザレナちゃんは二番弟子なんだけどね、うん……。

まぁそんな、前世の記憶がある事実は誰に話したところで理解は得られないだろうし、墓に入るまで誰にも話さないつもりではあるが。

「……安心しろ、ロザレナ・ウェス・レティキュラータス」

そう、憤怒《ふんぬ》の表情のロザレナに声を放つと、グレイレウスは続けて言葉を発する。

「オレは、お前の決闘が終わるまでの間、お前とアネットの修行の邪魔をするつもりは毛頭ない。オレはただ、そこのメイドの実力を測りたいだけだからな」

そう口にして、グレイレウスは俺に鋭い視線を向けてきた。

実力を測りたい、か……。

ロザレナとの特訓で発揮するのは、十分の一にも満たない力だから、それで彼が俺の実力を測れるとは思えないが……まぁ、ここで思ったほど力のない俺の姿を見て、ガッカリして弟子になるのを諦めてくれた方が、俺としては都合が良いから別に構わないか。

正直、弟子なんて取る気は一切ないし。

彼が俺の実力のことを誰にも話さずに黙っていてくれれば、それで良い。

「む――……。グレイレウスがアネットの弟子になるとか……何か納得いかないんだけど――……」

「喧《やかま》しい女だ。それよりも、お前はオレを気にしている場合じゃないはずだろう。決闘まであと四日しかないんだぞ？　惨めな思いをしたくなかったら、さっさと剣の修練に励んだらどうだ？」

「相変わらず腹が立つ奴《やつ》ね!!　言われないでも分かっているわよ!!　アネット、やるわよ!!」

「はい」

ロザレナは俺と幾ばくかの距離を取ると、木剣を額の上に横に構え、こちらを紅《あか》い瞳で見据えてくる。

彼女のその瞳に宿る闘志の炎は昨日と変わらず、折れる兆しは見えない。

俺はそんな彼女にニコリと微笑むと、箒《ほうき》を構え、跳躍し――彼女の木剣に向かって、容赦なく『唐竹《からたけ》』を放った。

「ぐっ――!!」

昨日と同じように、お嬢様は俺の剣の威力を殺しきれず、そのまま土煙を上げながら後方へと吹き飛んでいく。

だが一瞬だけ、俺の剣で吹き飛ばされないように、足で踏ん張った感触があった。

彼女が立っていた位置に視線を向けてみると、そこには、革靴で強く地面を踏みつけた跡が確認できる。

俺はその足跡を見た後、クスリと笑みを溢《こぼ》し、土煙が舞う前方へと顔を向けた。

「お嬢様、もう一度――」

「ま、待て、アネット・イークウェス!!!」

その、いつもと違った冷静さを欠いた声に対して、俺はグレイレウスに視線を向けずに静かに口を開いた。

「何でしょうか？　邪魔はして欲しくないのですが」

「ロ、ロザレナ・ウェス・レティキュラータスを殺す気か!?　今のは完全に殺意のこもった剣だったぞ!?」

「この程度でお嬢様は死にませんよ」

そう言って俺は土煙の中に指を指す。

するとそこには、額から大量の血液を流しながらも不敵な笑みを浮かべる、ロザレナの姿があった。

「ア、アネット、もう一度よ……」

「はい」

ロザレナが立ち上がり、元の位置に戻り額に剣を構えたのを見て、俺は再び跳躍し、『唐竹』を放っていく。

またしても吹き飛ばされ、後方へと転がって行くロザレナ。

そして再び立ち上がり、前へと戻ると、彼女は剣を構え、叫ぶ。

「もう一度よ!!　来なさいっ!!　アネット!!」

そんな、繰り返される光景に、グレイレウスはどうやら絶句するしかなかったようで。

もう一度『唐竹』を放った後、チラリと横へと視線を向けてみると、そこには愕然《がくぜん》とした様子でその場で立ち尽くす奴の姿があった。

◇　◇　◇　◇　◇

《グレイレウス視点》

このような修練を……オレは、今まで見たことが無かった。

こんな、生と死の間に置くことで無理やり自身の力を上げるやり方など……はっきり言って狂っているとしか思いようがない。

何故ロザレナは、何度も何度もあの殺意のこもった強烈な剣を受け、怪我《けが》を負いながらも、立ち上がることができるのだろうか。

オレがもし、この修練に挑んだとしたら……きっと、あまりの恐怖に、三、四回くらいの唐竹で音を上げてしまうに違いない。

何故なら、アネットの放つその剣の威力が、オレにはあまりにも恐ろしすぎる代物だったからだ。

「あれが……アネット・イークウェス、か……」

認めざるを得ない。

あのメイドの少女が、遥《はる》か頂に立つ剣士だということを。

そして、この学校の教師の誰よりも、いや、世界中の著名な剣士の誰よりも、真に教えを乞うべき人物が……あの女であることを……オレは、この光景を見て完全に理解したのだった。

◇　◇　◇　◇　◇

それから、俺たちの四日間は、瞬く間に過ぎていった。

「もう一度よ!!　アネット!!」

深夜。俺の剣を受けては、何度も何度も地面に膝を付けながらも、歯を食いしばって立ち上がるロザレナ。

「クスクスクス……」

「お嬢様……」

「はぁ、また机に落書きか。懲りないわね……。今朝は上履きも隠されたし……本当、暇な奴ら」

度重なる学校での嫌がらせを受けても、まるで彼女は動じない。

「あっ!　今日も帰りながら一緒に特訓しようよ、ロザレナ!」

「ええ、構わないわよ、ジェシカ。じゃあ、アネット、悪いけれど先に帰っていてもらえるかしら？」

「畏《かしこ》まりました」

そしてジェシカという友を得た彼女は、自分の短所を見出《みいだ》し、体力を付けるために日々の日課であるランニングを欠かさなくなった。

ロザレナは……決闘を決意してからのこの五日間、劇的に変化を遂げたと言えるだろう。彼女は、自分が成長するためなら、どんなことにも前向きに取り組んでいくようになった。

その姿は、幼少の時から彼女を見ている俺にとっては、見ていてとても喜ばしいものであった。

昔のお嬢様は、暴力的で我儘《わがまま》なだけの暴君だったというのに……今の我が主人は、気高く、美しい大人の女性に成長なされている。

本当に……子供の成長というものは早いものだ。

思わず後方腕組おじさんになってしまいそうな、俺であった。

うんうん、今日もロザレナは頑張っているなー。

お父さん（偽）も見習って、頑張らないとなー、うんうん。

「フフッ……」

「何、あたしを見て笑っているのよ？」

「いいえ。ただお嬢様がご成長されていることに、嬉《うれ》しくなっただけでございます」

「何よそれ」

そう言って、ロザレナは机の上に鞄《かばん》を置き、帰宅の準備を進めながら微笑を浮かべる。

「ついに……明日、ね。決闘の日は」

「ええ、そうですね。今夜が……最後の修行になります」

「アネット。あたし、ちゃんと強くなれているのかしら？」

「その答えは――――今夜の修行を終え、明日、決闘の場でご確認してください」

「そうね。もうあとは、今までの自分を信じて……突き進むだけよね」

そう口にした後、ロザレナは肩越しに後方へと視線を向ける。

彼女が見つめるその先には、取り巻きたちに囲まれ、腕を組みながらこちらを睨みつけているルナティエの姿があった。

そんな彼女に向けて不敵な笑みを浮かべると、ロザレナは席を立つ。

「帰りましょう、アネット。いつものようにまた教室でジェシカが待っていると思うから」

「はい。畏まりました」

ロザレナのその目は、俺をいつの日か倒すと言った約束の日から、寸分変わらない。

高みを見据え、ただひたすら前へと突き進み、敵の喉笛に食らいつくという意志が宿った、獰猛《どうもう》で貪欲な獣の目。

彼女の瞳の中にいる『獣』が、明日の決闘の場で解き放たれるのを祈るばかりだ。

（後は……俺は俺で、やるべきことをやるだけだな）

主人が表舞台で晴れやかな戦いをするのならば、俺は、その裏でゴミを掃除する。

それが、メイドである自分の責務だ。

第6章 一学期・学園編 月を穿つ牙、全てを滅する筈 Chapter.6

《ロザレナ視点》

「……」

ついに――決闘の日の朝が来た。

正直、あたしは現時点においても、自分が強くなった実感はまったく湧いていない。

何故《なぜ》なら……結局あたしは、この五日間でアネットの剣を受け切ることが敵《かな》わなかったからだ。

掌《てのひら》を見ると、あの剣を何度も何度も受けた時の痺《しび》れが、まだ取れていない気がする。

額の傷も、オリヴィアさんの治癒魔法で完全に塞いでもらったというのに、未《いま》だにドクドクと血が流れているような感覚がする。

まだ、修行の最中《さなか》にいるかのような……未だに、そんな不思議な違和感がある。

アネットの剣を抑えきれなかったのに、修行としては失敗に終わったはずなのに、どうしてだろう。

早く、剣を持って戦ってみたかった。

早く、この感覚を忘れない内にアネットのあの『唐竹《からたけ》』を、私も真似《まね》して放ってみたかった。

級長の座とか、自分の進退とか、そんなものはどうでも良くて。

あたしはただただ、今の自分がどれだけの力を示せるのかということに、挑戦することに、高揚感を覚えていた。

「……相変わらず、猫のような目で、常に怒っているような顔をしているわね、貴方《あなた》は」

姿見に映る、下着姿の自分に、あたしはクスリと笑う。

腰まで伸びた、ウェーブがかった青紫色の髪。

最初はこの癖毛がかった自分の髪の毛、あまり好きになれなかったのよね。

でも、いつだったかしら？　アネットが波打つようなこの髪を綺麗《きれい》って褒めてくれて……それから、自分の髪が好きになったんだっけ。

本当、今思い返してみるとあたしの人生、何でもアネットに左右されすぎなところがあるわね。

幼少の頃のあの子へ依存していた時のあたしも、今思い返せば、アネットがあたしを厳しく叱って突き放したのも納得のいく出来事だったと思うわ。

クスリと口元に手を当てて笑って、あたしは再び鏡の中の自分と見つめ合う。

「でも、あたしの憧れは今でも貴方なのよ、アネット」

そう一言呟《つぶや》いて、あたしは戸棚の引き出しを開け、中に入っていた青い髪紐《かみひも》を掌の上に乗せる。

そして、それを……静かに見つめた。

◇　◇　◇　◇　◇

「お嬢様？　入ってもよろしいですか？」

「ええ。構わないわ」

ドアノブを押して、俺はロザレナの部屋へと入る。

「失礼致します。ついに、決闘の日がやってきましたね。昨夜は十分に睡眠を取ることはできーーーーお嬢様？」

部屋の中に入ると、そこには、私服姿で姿見の前に立つお嬢様がいた。

彼女はチラリとこちらに視線を向けると、クスリと笑みを浮かべ、俺の方へと身体《からだ》を向けてくる。

「ねぇ、アネット。貴方……あたしに何か、隠し事をしてるでしょ？」

「え……？」

「このあたしが、最近の貴方の変化に気が付かないとでも思った？　貴方があたしに内緒で何かを企てていることとなんて、全てお見通しなんだから」

「……そうでしたか。本当、お嬢様には嘘《うそ》は吐けなくなりましたね」

「誰よりも長い時間、あたしは貴方のことを見ている自信があるもの。腹黒メイドのことなんて何でもお見通しなんだからね？」

そう言って腰に手を当てて「フフン」と鼻を鳴らすお嬢様。

俺はそんな彼女にコクリと頷《うなず》き、目を伏せ、口を開いた。

「お嬢様。もしかしたら、私は……今日の貴方様の戦いを、お傍《そば》でお見守りできないかもしれません」

「……理由は？」

「全てが終わった後にお話ししたいと思います。お嬢様は今はただ、ルナティエ様を倒すことだけをお考えください」

「……主人であるこのあたしに、何をするのか話せないって言うの？」

「はい」

俺は真っすぐにお嬢様と視線を交わす。

ロザレナは数秒間、俺の目をジッと見つめると……呆《あき》れたように大きくため息を溢《こぼ》した。

「貴方は昔から、一度決めたら曲げない子だったものね。まったく、主人の晴れの舞台だというのに、あたしを放っておいて何処《どこ》かに行っちゃうだなんて。ほんっとぉーに、酷《ひど》いメイドなんだから！」

そう言ってニコリと笑みを浮かべると、彼女は俺に掌を差し出してきた。

「アネット。貴方の髪紐を、あたしにちょうだい」

「お嬢様？」

「貴方が傍にいなくても、あたしがちゃんと頑張れるように……貴方を傍に感じられるように、あたしに……貴方の一部を身に着けさせて。お願い」

お嬢様は瞳を不安気に揺らしながら、そう、俺に声を掛けてくる。

俺はそんな彼女に優しく微笑《ほほえ》みを浮かべ、頷くと、髪紐に手を掛け、結んでいたポニーテールを解いた。

そして、お嬢様の掌の上に、祖母から貰《もら》ったお手製の紅《あか》い髪紐を乗せる。

「どうぞ。子供の頃から使っていたものなので、少々、年季の入ったものですが」

「アネット……!!」

ロザレナは俺の髪紐を受け取ると、それを大事そうに胸に抱える。

その後、彼女は私服のポケットに手を突っ込むと、そこから青い髪紐を取り出した。

そしてそれを、俺の前へと突き出してくる。

「はい。貴方はこれを着けなさい。交換よ！」

「お嬢様、これは……？」

「修道院に居た時に、あたしが使っていたものよ。ほら、剣の素振りをする時って、長い髪の毛が目に入ったりして邪魔になるじゃない？　だから、貴方を真似て、その……な、なんでもないわよ!! ふん!!」

唇を尖《とが》らせて、顔を横に逸《そ》らすお嬢様。俺はそんな彼女に笑みを溢し、言葉を返す。

「なるほど。確かに、戦闘時に長い髪の毛が目に入ったり、引っ張られたりしたら大きな隙になってしまうのは免れませんからね。お嬢様のその判断は正しいものです」

「もう……貴方って鋭いのか鈍いのかよく分からないわ」

そう言ってロザレナはやれやれと肩を竦《すく》める。

そして彼女は、姿見に身体を向けると、髪紐で髪を結び始めた。

俺と同じ、ポニーテールの形に。

「……よし、できた。ねぇ、どうアネット? 似合っている?」

こちらを振り向き、恥ずかしそうな表情で前髪をいじるお嬢様。

俺はそんな彼女にコクリと頷きを返す。

「はい。よくお似合いですよ、お嬢様。とても凛々《りり》しい御姿《おすがた》です」

青紫色の長い髪の毛が一本に結ばれ、腰まで真っすぐに垂れている。

そこに居たのは、先程まで不安気な様子を見せていた、貴族のご令嬢ではない。

目の前にいるのは、これから始まる戦いに不敵な笑みを浮かべる、女剣士の姿だった。

「ありがとう。貴方にそう言って貰えるだけで、あたしは、どんな姿の自分でも受け入れて、前へと進むことができるわ。……ねぇ、アネット、あたしは——」

そう何かを口にしかけたが、彼女は頭を振り、自嘲気味に微笑みを浮かべて口を噤《つぐ》む。

俺はそんなロザレナの姿に、思わず首を傾《かし》げてしまった。

「どうかなさいましたか？」

「いいえ、何でもないの。ただ、昨日のように、自分が強くなっているのかを貴方に確認してみたかっただけだから。今更もう、自分がどう成長しているかなんて考える必要はないわね。あたしはただ、今のあたしのままで、真っすぐに前へと突き進んでいく。迷いはここで捨てていく」

凜《りん》とした迷いのない表情で、彼女はそう言いきった。

たった五日、俺と剣をぶつけ合っただけだというのに……お嬢様の顔には以前あった甘さがない。

彼女のその顔は完全に、一端の『剣士』の顔になっていた。

俺はそんな主人の姿を目を細め、優しい表情で見つめた後。

ロザレナから貰った髪紐を使い、慣れた手つきで自身の髪をポニーテールに結ぶ。

髪を結び終えると、微笑を浮かべ、彼女に声を掛けた。

「これでお揃《そろ》いですね、お嬢様」

「うん……！」

「あ、そうだ。今朝の朝食はですね、お嬢様の勝利を願って、私とオリヴィア先輩が一緒に作ったものなんですよ」

「オリヴィアさんが作った料理だけだったら、何だか憂鬱な朝になるところだったけれど……アネットが手を加えているのなら安心できそうね」

「オリヴィア先輩も、空いた時間でお料理の勉強をなさっていて、以前よりは上手《うま》くなってはおられるのですよ？」

「辛うじて食べられるくらいには、でしょ？」

「……まぁ、そうなのですが」

そう言ってお互いに顔を見合わせ苦笑し合うと、俺たちは部屋を出て、階段を降《くだ》り、食堂へと向かって行った。

お嬢様のコンディションは悪くない。あとは思う存分、真の力を発揮してくれることを願うばかりだ。

◇　◇　◇　◇　◇

「おはようございます、皆さん」

「おはよう、みんな」

「あっ！　アネットちゃん、ロザレナちゃん！　おはようございま――――あれ？　ロザレナちゃん、その髪、どうしたんですか？」

食堂に現れたロザレナのその姿に、配膳の手を止め、目を見開き驚くオリヴィア。

ロザレナはそんな彼女の反応に少し照れながらも、頬をぽりぽりと掻《か》き、口を開く。

「あ、えっと、その……今日は、決闘の日ですから……だから、邪魔にならないように、気合い入れて髪を結んでみたんです」

「そうなんですか？　何というか、髪を結んだだけで大分印象変わりましたね～？　別人みたいです！　普段と違って、何処か凜とした雰囲気が出てて……とてもよく似合ってますよ、ロザレナちゃん！」

「うんうんっ！　何か、かっこよくなったっ！　男の子みたい！」

「ジェシカ……男の子みたいは、誉《ほ》め言葉になっていないわ」

そう言って、テーブル席に座っているジェシカに呆れたため息を吐《つ》くと、彼女は空いている席へと腰かける。

俺はそのまま席に座ることはせず、その場でオリヴィアへと顔を向けた。

「朝食の配膳、まだ終わっていないですよね？　お手伝いしますよ、オリヴィア先輩」

「いえいえ～！　後はお水を持ってくるだけなので構いませんよ～。今日は大事な《騎士たちの夜典《ナイト・オブ・ナイツ》》の日なんです！　ですからアネットちゃんはロザレナちゃんの側《そば》に居てあげてくださいねっ！　ではでは～っ！」

そう言ってエプロン姿のオリヴィアは、ぱたぱたとスリッパの音を立てて、厨房《ちゅうぼう》へと去って行った。

俺はそんな彼女を見送った後、既に満月亭の面々（グレイレウスを除いた）が腰掛けるテーブルへと向かい、ロザレナの隣の席へと座った。

「アネット!! ロザレナ!! 今日は待ちに待った決闘の日だね!! 私、観客席から全力で応援するからねっ!!」

「観客席……そういえば、《騎士たちの夜典《ナイト・オブ・ナイツ》》って、観客がいるんだっけ？ ふーん……そっか、人に見られている中、決闘をするのね。何だかむず痒《がゆ》い気分になりそうね」

そう何処か緊張した様子で呟《つぶや》くロザレナに、俺の目の前に座る金髪残念イケメン男は前髪を靡《なび》かせ、笑い声を上げる。

「ハッハッハー！ レティキュラータスの姫君、そう緊張することはない！ 何らかの功績のあるような、剣の腕のある生徒でなければ、見に来るのは殆《ほとん》どのこの学校の生徒だ！ 思う存分、力の限り剣を振るいたまえ！」

「……朝から耳障りな笑い声ね。剣の腕のある生徒でなければって、あんた、遠回しにあたしのことバカにしてるでしょ？ まぁ、確かに、あたしは殆ど素人同然だし、その通りすぎて何も文句は言えないけれど……何かあんたに言われるとムカツクわね」

「フッ、不快に思ったのなら謝罪しよう。ただ、君が負ければ必然的にメイドの姫君がこの学校から去ることになりそうなんでね。俺としては、君には何としてでも勝利して欲しいだけさ。単に、緊張を解《ほぐ》そうとしていたのだよ、このマイスはな！ ハッハッハー！」

そう言ってマイスは白い歯を見せて笑うと、向かいの席に座っていた俺へと視線を向ける。

そして、何を血迷ったのか、奴《やつ》はテーブルの上にある俺の手の上にそっと……掌《てのひら》を重ねてきやがった。

「はっ!?　ちょ、何しやが……何するんですかっ!?」

俺は思わず語気を荒げて、即座に奴の手を払いのける。

すると彼は、ハッハッハッと、顎に手を当て愉快気に笑い出した。

「まったく、メイドの姫君はいつもガードが堅いな。まぁ、そんなところも可愛《かわい》らしいところではあるのだがなっ！　ハーハッハッハッ！」

「あんた、何して――」

ロザレナがマイスの取ったその行動に、いつものように激怒しようとした、その時。

突如、マイスの首元に、背後から刀の切っ先が突き付けられる。

何事かとマイスの背後に視線を向けると、そこに居たのは……グレイレウスだった。

彼はギロリとマイスを睨《にら》み付けると、怒気がこもった口調で開口する。

「……おい、色情狂、その御方《おかた》はお前が気軽に触れて良い存在ではない。立場を弁《わきま》えろ」

「おやおや、これは珍しい行動だな、グレイ。君は女性には興味が無かったと思ったのだが？　まさか俺と同じようにメイドの姫君に惚《ほ》れることになろうとは……ふむ、これは意外な展開だな」

「下種《げす》な考えでオレの行動の意図を勝手に解釈するな、色情狂。ただオレは、貴様の軽率なその行動を弁えろと言っているだけだ」

「このマイスの溢《あふ》れんばかりの恋情を止めることは、誰にもできはしないさ。何なら……その剣を横に引き、このまま俺の首を掻っ切ってみるかね？　この俺の愛を止められるかどうか試してみると良い、鷲獅子《グリフォン》クラスの級長よ」

「……死にたいのか？　貴様」

「君は俺を少々過小評価しすぎているのではないのかな？　三期生で剣の称号を得るのに近い逸材は、何も君だけではないのだよ、グレイレウス・ローゼン・アレクサンドロス」

「……」

辺りに、剣呑《けんのん》な空気が立ち込める。

何この、俺を巡って争われるイケメンたちの闘争は……。

みんな！　私のために争うのはやめて！　私、中身は四十八歳のムキムキのおっさんなのよ！　こんなおっさん相手に刃傷《にんじょう》沙汰なんて、得することなんて何もないわ!!

「……あたしもこのアネット争奪戦に参加した方が良いのかしら？」

「お嬢様、絶対にやめてください。ステイです、ステイ」

うずうずとした様子でマイスとグレイレウスを見つめるロザレナを、手で制して止める。

その後、俺はコホンと咳払《せきばら》いをし、二人を止めようと、声を掛けようとした。

しかし、その時。その光景を見かねてか、俺より先にある人物が動いた。

「朝からいったい何をやってるんですか～？　二人とも～？」

「ぐふっ!?」

「ぬおっ!?」

ボコボコと順番に鉄製のトレイで殴られ、頭を押さえて撃沈する二人。

そんな二人の背後から現れたのは、ニコリと微笑《ほほえ》みながら額に青筋を浮かべている、オリヴィアだった。

オリヴィアはふぅと短く息を吐くと、床にしゃがみ込むグレイレウスに呆《あき》れたように視線を向ける。

「まさか、グレイくんまでマイスくんのようになってしまうとは……監督生として、私はとても悲しいです」

「ぐっ……こんな色情狂と一緒にするな、オリヴィア。オレはただ単に、奴の行動が許せなかっただけであって……」

「はいはい、言い訳は良いですから、早く席に座ってください～。朝ご飯にしますよ～」

オリヴィアのその言葉にグレイレウスは何処《どこ》か納得がいってない様子だったが、しぶしぶと席に着く。

その後、満月亭の皆々は手を組み、祈りの礼を取った。

そして全員がテーブルに座り、祈りの礼を取ったことを確認すると、オリヴィアは目を伏せ、食事の祈言を呟いた。

「今日も主、女神アルテミスの恵みをいただくことに感謝を――――いただきます」

「いただきますっ!!」「いただくわ」「いただく」「いただこう!」「いただきます」

こうして、俺とオリヴィアが作った料理……ベーコンエッグとコンソメスープ、サラダ、パンといったメニューを、寮生たちは皆それぞれ手に取り食べていく。

見たところ全員、急に倒れたりしないことから……どうやら今日の料理は俺も手を加えていたおかげか、食べられるものにはなっているようだ。

向かいの席で安堵《あんど》の息を吐くオリヴィアに、俺はフフッと微笑みを向ける。

「ねぇねぇオリヴィア先輩っ！　今日は土曜日で学校がお休みだから、みんなでロザレナの応援に行けるよねっ！　ねっ！」

「そうですね～。ジェシカちゃんの言う通り、今日はロザレナちゃんの《騎士たちの夜典《ナイト・オブ・ナイツ》》の日ですから、満月亭のみんなで一丸となって、ロザレナちゃんを応援しに行きましょうね～」

「フン……。オレにとってその女の進退などどうでも良いことなのだがな」

「グレイくん～？　そんなことを言うんだったら、次から朝食のメニューを減らしますよ～？」

「チッ、貴様らの馴《な》れ合いに巻き込まれるこちらの身にもなって欲しいところだな」

そう口にしながら、グレイレウスは口の中にパンを放り込む。

その後、食事の場は和やかな空気で進んでいった。

俺はそんな満月亭の風景を眺めながら、静かに息を吐き出す。

……今日の午後八時、ロザレナは、時計塔の最上階にある『空宙庭園』でルナティエと決闘をする。

あのドリル女がもし想像通りの手を打ってくるとしたら……俺は恐らく、お嬢様の戦いをこの目で見ることは叶《かな》わないだろう。

でも、俺はロザレナが敗《ま》ける姿なんて、まったくもって想像してはいない。

彼女はきっと、《騎士たちの夜典《ナイト・オブ・ナイツ》》の場で、覚醒を果たす。

その瞬間を傍《そば》で見られないことは非常に口惜しいが……決闘が行われる今夜、俺には俺の成すべき戦いがある。

悪いな……ルナティエ・アルトリウス・フランシア。

お前が手段を選ばないと言うのなら、こちらも大人気なく、お前をとことん追い詰めてやるとしよう。

観衆のいない場所であるのならば、こちらも容赦なく剣を振ることができる。

お前が用意している策は、むしろこちらにとっては都合の良いものだ。

あとは……奴が、彼女の護衛を上手くできるかどうかにかかっているな。

誰にも気づかれないように、俺はそっと、グレイレウスへと視線を向ける。

すると彼はその視線に応え、コクリと、小さく頷《うなず》きを返すのであった。

◇　◇　◇　◇　◇

時計塔に向かって、俺たち満月亭の生徒たちは、舗装された道を歩いて行く。

今現在の時刻は午後七時半。

もうすぐ、《騎士たちの夜典《ナイト・オブ・ナイツ》》が開催される時間帯へと近付いていた。

辺りはすっかり夜の帳《とばり》が下り、いつの日か見たような丸い満月が、周囲の芝生を優しく照らしている。

そんな薄暗い暗闇の中。俺は、前方で和気藹々《わきあいあい》と歩く満月亭の面々を見つめつつ、隣を歩くロザレナへと声を掛けた。

「お嬢様、緊張しておられますか？」

「緊張……はしていないと思うわ。でも、何だか変な気分なの」

「変な気分、ですか？」

そう俺が問いかけると、ロザレナは足を止め、空高く聳《そび》え立つライトアップされた時計塔を、神妙な顔で見上げ始めた。

俺はそんな彼女の様子に足を止め、窺《うかが》うように肩越しに声を掛ける。

「お嬢様？」

「……何だか、不思議な気分なのよ。これからあたしは、初めて剣を持って人と戦うことになる。それも、自身の進退を決める戦いに。なのに、何故《なぜ》だかあたし、高揚しちゃっているの。早く剣を持って戦いたくて、胸がドクンドクンって、高鳴ってしまっているの」

「フフッ、そうですか。……お嬢様、剣士にとって一番重要な要素は何かを、知っていますか？」

「一番重要な要素？　何かしら？」

「それは……何があってもひたすら前へと、目標へと突き進もうとする、勇往邁進《ゆうおうまいしん》な強い意志の心です。本当の剣での殺し合いは剣の技術で勝つものではなく、最後に立っていた者が勝利を摑《つか》むもの。ですから、前へと進み、けっして折れない心を持つことこそが真の強き者の証《あかし》……私は、そう思っています」

そう口にすると、ロザレナは後ろ手に組んで、こちらの顔を覗《のぞ》き込んできた。

普段と違って大人びた微笑を浮かべる彼女のその顔は、月明かりによって青白く照らされており、何処か妖艶な雰囲気が漂っているように感じられる。

「ねぇ、アネット」

「何でしょうか、お嬢様」

「あたし、今からすっごく性格の悪いこと言っちゃうけど……良い？」

「性格の悪いこと、ですか？　どうぞ」

髪を耳に掛け、目を細めると、彼女はいたずらっぽく笑みを浮かべた。

「ルナティエには悪いけれど、あたし、まったく緊張していないの。こんなの……ただの通過点でしかないと、今のあたしはそう思ってしまっているわ」

これから初めて剣を持って、それも自身の進退を決める決闘に赴くというのに……それをただの通過点と、そう言ってのけたロザレナに、俺は思わず破顔してしまった。

「フフッ、フフフフッ！ はははははははっ！ まったく……お嬢様のその自信過剰っぷりは昔から変わりませんね。慢心して、足をすくわれないようにしてくださいよ？」

「分かっているわ。だから、アネット、貴方《あなた》は……貴方自身の戦いに集中なさい」

「はい。私たちはこれからそれぞれ異なる戦いの場に赴きます。ですが……」

「うん。あたしたちはお互いを信じて、一緒に前へと突き進む」

そう言って、前を歩く満月亭の面々に向かって歩みを再開させると、ロザレナは真っすぐに前方を見据えながら静かに呟《つぶや》いた。

「……思い知らせてやりましょう。あたしたちを舐《な》めてかかったことを、あいつらにね」

「はい。そうですね。レティキュラータスの名を再びこの国に轟《とどろ》かせるための、第一歩を……いいえ、違いますね。ロザレナ・ウェス・レティキュラータスという、いずれ【剣聖】になる少女のその名を、この学校に刻み付けてやるとしましょう」

俺のその言葉にロザレナはコクリと力強く頷くと、ギラギラと輝く紅《あか》い瞳で前を見据え、威風堂々とした姿で俺の前を颯爽《さっそう》と歩いて行った。

その姿は、時計塔の上空に浮かぶあの満月に襲い掛かろうとしている——まるで獰猛《どうもう》な狼《おおかみ》のように、俺の目には映っていた。

◇　◇　◇　◇　◇

「では、お嬢様、私たちはこれで」

「ええ。行ってくるわね」

ロザレナは俺たち五人にそう言い残すと、エントランスにある、最上階へと続くエレベーターへと乗り込んでいく。

この魔道炉が組み込まれたエレベーターは、普段は一般生徒が使用することは禁止されており、教職員しか使うことを許されていない。

だが、今日は《騎士たちの夜典《ナイト・オブ・ナイツ》》ということもあり、会場である最上階の『空宙庭園』に向かうために一般開放されていた。

とは言っても、俺たち観客はまだ空宙庭園には行くことができず、今最上階に行けるのは《騎士たちの夜典《ナイト・オブ・ナイツ》》で決闘を行う聖騎士候補生の二人だけであるのだが。

だから、ここから先は……ロザレナ一人で決闘の場に赴くことになる。

「すぅーはぁー、すぅーはぁー」

ロザレナは頬をペチンと叩《たた》き、胸に手を当て深く深呼吸をした後、エレベーターの中からこちらに笑顔を見せる。

そして大きく口を開くと、ブンブンと豪快に手を振ってきた。

「みんな！　あたし、やってくるわ!!」

その言葉と同時にエレベーターの格子は閉まり、ロザレナの姿は見えなくなっていった。

その後、規定時間まで誰も通さぬように、エレベーターの前に白銀の鎧甲冑《よろいかっちゅう》を着た聖騎士の二人が、入り口を守護するように仁王立ちをし始める。

俺たちはその威圧感たっぷりの聖騎士たちから離れ、決闘を見に来た生徒たちがざわめき立つエントランスホールを横目に、外へと向かった。

そして、人の気配がまばらになっている中庭を通り、憩いの広場へと辿《たど》り着くと、俺たち満月亭の五人はほっと安堵の息を吐く。

「ふぅ～っ、凄《すご》い人の数だったねー！」

「ええ、そうですね、ジェシカさん。《騎士たちの夜典《ナイト・オブ・ナイツ》》というものはあんなに人が集まる催しだったとは、私も驚きました」

「だよねー、アネット。私、この学校に来てからびっくりすることばかりだよー」

オリヴィアは中庭にあるベンチを見つけて座ると、にこやかな笑みを浮かべて、会話を交わす俺たちに声を掛けた。

「四大騎士公の末裔《まつえい》のお二人が戦うからか、通常時に開催される《騎士たちの夜典《ナイト・オブ・ナイツ》》よりもお客さんの数が多いみたいですよ～。こんなに人が集まるのは、級長同士の決闘が行われる時と同規模くらいだと思われますね～」

　そう言葉を発したオリヴィアの隣にジェシカはピョンと座ると、彼女のその言葉に疑問の声を返す。

「え？　いつもはこんなに人が多いわけじゃないのー？」

「ええ、そうなんですよ、ジェシカちゃん。いつも、とは言っても《騎士たちの夜典《ナイト・オブ・ナイツ》》はそう頻繁に起こるものでもないのですが……とにかく、無名の候補生同士の決闘だと、試合を見に集まるのは二、三十人くらいのものなんです。それなのに、今回は……ざっと見ただけでも、エントランスには百人近くの人がいたような気がしましたからね。これはとてもすごいことですよ～」

「フン……大方、賭け試合をする連中が、フランシアの娘に金を賭ければ確実に稼げると考え、大挙して押し寄せているのだろう。くだらん奴《やつ》らだ」

「賭け試合、ですか？」

　俺はそう、木に背を付けて立つグレイレウスに質問してみる。

　すると彼は、腕を組んだままコクリと頷いた。

「そうだ。この学校は、《騎士たちの夜典《ナイト・オブ・ナイツ》》の試合で賭博を行い、学費とは別の収益を得ている。実際、決闘が行われるこの日は外部からの一般人も客として来ることがあるからな。……あそこを見てみろ」

　彼が指を指し示す先に視線を向けてみると、時計塔へと続く通学路に、騎士でも騎士候補生でもない民間人と思《おぼ》しき格好をした集団が歩いている姿が散見できた。

俺はその光景を見て、ふむ、と頷く。

「博打《ばくち》、か……」

なるほど、なるほど……。

もし、もしもの話だが……今、レティキュラータス伯爵から貰《もら》った生活費を全額ロザレナに賭ければ……今のオッズだったらめちゃくちゃ金を稼げそうではあるな。

……い、いやいやいや、待て待て待て待てッ!! 落ち着け、俺よッ!!

どこの世界に、主人の金を勝手に賭け事に注《つ》ぎ込むメイドがいるというんだ!?

ギャンブル依存症は前世で捨ててきたはずだろ、アーノイック・ブルシュトローム!!

お前、前世でどれだけ敗けてきたのかを思い返せッ!! あの時のように身包《みぐる》み剝がされて早朝のゴミ捨て場で目を覚ましたことを、決して忘れるんじゃねぇ!!

【内なるアネット】『何を言っているんですか、貴方は。お嬢様が万が一にでも敗けると、そう言いたいのですか？』

【内なるアーノイック】『そうは言ってねぇだろ!! ただ、賭け事は前世から苦い思いしかしてねーってことだよ!! それに、今の俺は使用人だろうが!! 立場を考えろってんだ!! 立場を!!』

【内なるアネット】『お嬢様は絶対に勝ちます。彼女を信じるならば、今のレティキュラータス家の財状を支えるためにも、全財産を賭けてみてはよろしいのではないですか？』

【内なるアーノイック】『は？　い、いや、確かに……うん、それもそうだな……って、いやいやいやいやいやいや、危うく自分に言い負かされるところだった!!　今の俺はお嬢様のメイドなんだから、主人の意志を確認せずに金を使ったらいけねぇだろ!!　ロザレナが真剣に戦おうとしている時に、何考えてんだてめぇは!!』

「そうだ、落ち着け、落ち着け……どんなに願ってもカジノで当たりが出ることなんてねぇんだ……もうあの深みにハマってはダメだ、俺よ……」

「？　ど、どうしたアネット、突然ブツブツと呟いて……？」

「い、いえ、何でもありません。気にしないでください」

コホンと咳払《せきばら》いをし、俺は再びグレイレウスに視線を向けて口を開く。

「なるほど、この学校は生徒の決闘を見世物として活用しているのですね。聖騎士を養成する学校とは思えない、狡猾《こうかつ》でアコギな商売をしますね、この学校は」

「バルトシュタイン家は自身の利益に繋《つな》がるのなら何でもやる一族だからな。金になるのなら、生徒だって何だって利用するのだろう」

「……」

グレイレウスのその発言に、何故かオリヴィアは顔を俯《うつむ》かせ、沈痛な面持ちを浮かべ始めた。

その様子を不思議に思ったのか、マイスが髪に櫛《くし》を通しながら声を掛ける。

「どうかしたのかね、眼帯の姫君よ。何処《どこ》か具合でも悪いのか？」

「あっ、いいえ、何でもないんですよ～。気にしないでくださいい～」

マイスのその声にいつものにこやかな笑みを浮かべたオリヴィアは、慌てた様子でベンチから立ち上がる。

そして俺たち四人を見回すと、手を重ね合わせて、可愛《かわい》らしく眉根を上げた。

「さて、みなさん、そろそろエレベーターが開放される時間ですよ～！　寮のみんなでロザレナちゃんの応援をしに行きましょう！　ね！」

「あのエントランスホールの人数で、エレベーターの数は三つ……となると、開場時は相当混雑することが予見できますね。なら、少し遅れて向かった方がよろしいですかね？」

「あ、確かにそうですね。早めに行っても、もうエレベーター前には長蛇の列ができているかもしれませんね～」

「だったら、人が捌《は》けるまで時計塔の入り口前で待機しておいた方が良いだろうな。エントランスホールの中がよく見える位置に立っていた方が得策だろう」

「そうだねっ！　グレイレウス先輩！　じゃあさっそく移動を――」

「あの、すいません、ちょっと良いですか？」

「え？」

突如、見知らぬ男性が近寄って来て、俺たちに声を掛けてきた。

見たところ、二十代半ばくらいの――若い風貌をした男だ。

彼は距離を詰め、ベンチに座るジェシカへと視線を向けると、朗らかな笑みを浮かべる。

「遠目から見てもしかしてって、思ったけど……やっぱり、ジェシカちゃんだったか！　僕のこと、覚えているかな？」

「あっ！　もしかして……フリッドくん!?」

「覚えていてくれたんだ！　いやー、嬉《うれ》しいなぁ！」

「ジェシカさん、お知り合いですか？」

「うん！　この人は、昔、私の実家の道場で剣を習っていた人なんだ！　いやー、六、七年ぶりかなぁ!?　久しぶりだねっ！」

「いやー、本当にね！　昔はジェシカちゃん、すごく小さかったのに……今じゃこんなに大きくなって！」

「やだなー！　友達の前でやめてよ、フリッドくん！」

「……」

俺は仲睦《むつ》まじく会話をする二人を眺めながら、少し離れた位置にいるグレイレウスに近付き、そっと彼に耳打ちする。

「……どう思いますか？　グレイレウス先輩」

「フン……話し方がどうにもワザとらしい。十中八九、黒だと思われる。アネットはどう考える？」

「私も同意見です。今日この日においては、彼女に近付いて来た人間は総じてルナティエの手の者だと見て良いでしょう」

「作戦は……一昨日《おととい》話した通りで構わないな？」

「はい。お願いします」

　俺がそう答えると、グレイレウスは誰にも気付かれないように、そのまま闇の中へと消えて行った。

「ごめん！　みんな！　私、フリッドくんとちょっとお話ししたいことがあるから、先に時計塔に行っててくれないかなっ！」

　そう言ってジェシカは、手を合わせて、俺たちに頭を下げてきた。

　そんな彼女に、オリヴィアは優しく微笑《ほほえ》む。

「久しぶりに会えたお友達ですからね～。話したいこともたくさんありますよね～」

「う、うん……。その、フリッドくんはお爺《じい》ちゃんと仲違《なかたが》いして道場を出て行っちゃったからさ。彼、仲直りする方法を私に相談したいんだって。だから……」

「分かりました、ジェシカさん。では、私たちは先に行っていますから、後で、観客席で合流しましょう」

「うんっ！」

　そう言って元気いっぱいにバイバイと手を振るジェシカと別れ、俺は、オリヴィアとマイスと共に時計塔へと向かう。

　その途中、オリヴィアは「あれ？」と口にすると、キョロキョロと辺りを確認し始めた。

　そして、ある人物の姿がないことに気付くと、彼女は呆《あき》れたようにため息を吐《つ》く。

「そういえば……いつの間にかグレイくんがいなくなっていますね。はぁ……まったく、彼はどうしてこうも協調性が無いのでしょうか……」

「ハッハッハー！　あんな剣にしか興味のない変態など捨て置けば良いさ！　なぁ、メイドの姫君！」

「ちょ!?　どさくさに紛れて肩に手を回すのやめてくださいませんかッ!?」

「マイスくん～？　今からロザレナちゃんの決闘が始まるのですから、発情するのはやめてくださいね～？」

「ぬぉッ!?　お、おい、眼帯の姫君!?　俺の腕を摑《つか》もうとするのはやめたまえッ!!　君の腕力でそれをやられると、洒落《しゃれ》にならないのだがッッ!?」

腕を摑まれそうになったマイスは即座に俺から手を離すと、オリヴィアから距離を取った。

そんな彼にオリヴィアは頰に手を当て、怖気立《おぞけだ》つような微笑みを浮かべる。

「私は、こと、壊すことに関してはこの学校でもトップレベルの力を持っていると自負していま す。ですから……マイスくんの大事な『玉』を握り潰すことなんて、造作もないのですよ～？」

「お、おおおおお、恐ろしいことを言うんじゃない!!　俺の国宝的なこの『玉』は、誰にも壊させはしないぞ!!」

「ひ、ひぃぃ!!」

「？　どうしてアネットちゃんもマイスくんと同じように、股間を押さえているんですか〜？」

「……な、何でもありません。あははは……」

そう、俺がコホンと咳払いした、その時。

時計塔の前へ辿《たど》り着くと同時に、賑《にぎ》わうエントランスホールの中から、俺の名を呼ぶ声が耳に入ってきた。

「あっ、いた！　おーいっ！　アネットさーんっ！」

「え……？」

一瞬、それが誰なのかを理解するのに時間が掛かったが……そこに居たのは黒狼《フェンリル》クラスの担任教師である、猫耳幼女のルグニャータだった。

いつもの気怠《けだる》げな様子と違って、何処か覇気のある雰囲気を漂わせているルグニャータに首を傾《かし》げつつ、こちらに駆け寄ってきた彼女の下へと俺も近付いて行く。

「ルグニャータ先生……ですよね？　いつもと違って、今日は何だか元気な感じ？　なんですね？」

「そりゃそうだよー、今は夜なんだからさ！　先生は夜行性、猫型の獣人族《ビスレル》だから、基本的には夜型なのだニャー！　もうめっちゃ元気元気！」

「そ、そうなのですか……。それで、何か私にご用件があったのではないのですか？」

「っと、そうだったそうだった！……って、やっぱちょっと待って、この一杯だけ飲ませて！」

そう言うと、突如彼女は手に持っていた一升瓶を豪快にラッパ飲みし出した。

あの……今、勤務中なんじゃないの？　何で突然酒飲みだしてるの？　この猫耳幼女教師……。

「……ごくっごくっごくっ、ぷはぁーっ!!　やっぱりマタタビ酒はうまうまだニャー!!」

そして幸せそうな顔を浮かべながら口元に付いた泡を袖で拭くと、彼女は俺に視線を向け、口を開く。

「実はね、さっき、先生のところにレティキュラータス家の使者？って言う人が来たんだよー。何か急用みたいで、アネットさんのこと探しているみたいだったよー？」

「レティキュラータス家の使者、ですか……。その方は今どちらに？」

「んーと、ここにはいないよって言ったら、次は満月亭に居ないか見てくるって、そう言って去って行ったたっけかニャー……。ロザレナさんが決闘をする時なのに、使者って、いったい何の用事なんだろうねー？」

「先生。再度確認致しますが、その使者の方はお嬢様ではなく、私を探していたのですよね？」

「え？　うん、アネット・イークウェスさんは何処にいるか知りませんか？って、入場整理していた私にそう聞いてきたよー？」

「そうですか……。ありがとうございます」

礼を言って、俺は背後を振り返り、オリヴィアとマイスに顔を向ける。

「申し訳ございません、先輩方。そういった訳で、私もジェシカさん同様、少々遅れて観客席に行くことになりそうです」

「お家《うち》の用事なら仕方のないことですよ、アネットちゃん。ロザレナちゃんが手を離せない今は、アネットちゃんが動くしかありませんものね。さぁ、行きましょう、マイスくん」

「ふむ……今日は休日を利用して、メイドの姫君と行動を共にし、より愛を深めたかったのだが……まぁ、仕方がないか。このマイス、他家の事情に首を突っ込むほど野暮ではない。また日を改めて愛を育むとしよう！」

そう、訳の分からないことを言うマイスに苦笑いを浮かべつつ、俺は二人と別れ、一人満月亭へと向かって歩いて行った。

そして、周囲に人の気配が完全に無くなったのを見計らって、俺はポツリと独り言を呟《つぶや》く。

「……どうやらルナティエの奴《やつ》は、想定通りの策を打ってきたみたいだな」

まったく……どうやらあのドリル女は、勝利のためならどんな布石も打っておく性質のようだな。

現状の情報だけでは、ロザレナがルナティエに勝てる要素など一つもないというのに……まさか、万が一を危惧してまでこの策を講じてくるとは、その用意周到さには頭が下がる思いだ。

確かに、あいつが考えている通りロザレナにとってその策は、最も効果的なものだと言えるだろう。

何故《なぜ》ならお嬢様は、自分が傷付くことよりも大事な人が傷付けられることに、酷《ひど》くダメージを負う性格をしているからだ。

その点で言えば、ルナティエの策略は正解といえる。

だが……この俺が、ただのか弱いメイドの少女だと思った時点で、お前たちは道を誤った。

自分たちの実力を過信し、相手の力量を見誤った、それがお前らの最大の敗因と言えるだろう。

「さて、後は……か弱いメイドの少女、アネット・イークウェスを演じてやって、まんまとその罠《わな》に嵌《は》められてやるとするかね」

この学校の関係者が居ない場所に連れて行ってくれるのなら、むしろそれは俺にとっても好都合なこと。

我が主人が栄光を摑む晴れ舞台の裏で敵を掃除するのは、メイドである俺の役目だ。

「さぁ、やってやるとしましょうか、お嬢様」

俺はそう呟き、満月亭へと続く道を進んで行った。

心残りなのは……やはり、ロザレナの成長をこの目で見ることができなかった点、だろうな。

◇　◇　◇　◇　◇

「ご来場の皆様方、今宵《こよい》は《騎士たちの夜典《ナイト・オブ・ナイツ》》を見に来ていただき、誠に感謝致します。私は当学校ルドヴィクス・ガーデンで『見届け人』を務めさせてもらっています、セバス・クリスチャンと申す者です。どうぞ、よろしくお願い致します」

そう言って、ちょび髭《ひげ》の生えた聖騎士の男は歓声を上げる観衆に向けお辞儀をし終えると、左隣に立つあたしに手を差し向けてきた。

「さて、まずは赤コーナーの決闘士の紹介です。名をロザレナ・ウェス・レティキュラータス。彼女は一期生の黒狼《フェンリル》クラスの級長であり、四大騎士公の一角、レティキュラータス家の息女でもあります。賭ける勝品は級長の座。剣の腕は低五級。どうぞご声援の程、よろしくお願いします」

そう紹介を受けた瞬間、先程の喧騒《けんそう》が嘘《うそ》のように辺りには静寂が訪れる。

そして同時に、庭園を囲むようにして造られている観客席から、多くの視線があたしへと集まったのが分かった。

その視線はけっして良い感情が含まれているものではなく、常日頃学校でルナティエの取り巻きたちから発せられていた……あの、嫌悪と侮蔑が宿った視線と遜色がないものだった。

(分かってはいたけれど……まるで悪者ね……)

今まであたしは、レティキュラータスの一族だからと、周囲から馬鹿にされて生きてきた。

けれど、それももう、ここで終わらせてやるわ。

この名を馬鹿にする奴は誰であろうと、これからはあたしのこの剣で黙らせてやる。

ここで力を示してやるのよ……世界最強の剣士、アネット・イークウェスの弟子として、そして【剣聖】を志す、一人の剣士として。

「続いて、青コーナー、名をルナティエ・アルトリウス・フランシアア。彼女も黒狼《フェンリル》クラスの一員であり、四大騎士公の一角、フランシア家の息女でもあります。賭ける勝品は金貨五百枚。剣の腕は中二級。どうぞご声援の程、よろしくお願いします！」

そう紹介された後。先程とは打って変わって観客席はわぁっと、盛り上がりを見せ始めた。

「キャ――――ッ!! ルナティエ様、頑張ってぇ――――っ!!」

「そんな王国貴族の恥さらし、一瞬で倒してみせて――――っ!!」

「四大騎士公――――っ!! 策略の鬼神、フランシア家――――っ!!」

「勝てー!!　俺はお前に有り金全部賭けたぞー!!」

そんな黄色い声援を受けた後、目の前に立つ金髪ドリル女は口元に手の甲を当て、いつものように高笑いを上げる。

「オーホッホッホッホッホッホッ!!　皆様方、ご声援、痛み入りますわぁ――――っ!!　このルナティエ・アルトリウス・フランシア、必ずや、四大騎士公の名を穢《けが》す不届き者を成敗してみせますわぁ!!　ぜひ、あのレティキュラータス家の娘が無様に膝を突くその瞬間を、目に焼き付けてくださいましね!!」

彼女のその勝利宣言に、またもや観客席は盛り上がりを見せる。

その光景に気分を良くしたルナティエは、木剣をレイピアのように手に持つと、ヒュンと風を切ってみせた。

そして、あたしの方に視線を向けると、ニヤリと嗜虐《しぎゃくてき》的な笑みを見せてくる。

「無様に敗北するお覚悟はよろしくって？　ロザレナさん？」

「それはあたしの台詞《せりふ》なのだけれど？　ドリルティエさん？」

「ホホホ……貴方《あなた》、髪型を変えたようですけれど……もしかして、それで心を入れ替えて強くなった、とか思っているんじゃないかしら？　だとしたら、バカも良いところですわねぇ！　正直言ってそのポニーテール、似合っておりませんわよ？　品がない、下町の町娘みたいですわ!!」

「貴方も、戦いの邪魔にならないように髪を結んだのかもしれないけれど……そのツインテール、似合っていないわね。何というか、頭にドリル二本をぶらさげているようにしか見えないもの」

「ホホホホホ……」

「フフフフフ……」

あたしたちは目を細め、お互いに笑みを浮かべる。

そしてその後、笑みを消し、鋭い眼光を向け合うと……同時に口を開いた。

「殺すわ!!」「殺しますわ!!」

「さ、さて、両者ともに闘志を燃やしているところで……あと数分程で、《騎士たちの夜典《ナイト・オブ・ナイツ》》の開催時刻となります。両決闘士は白いラインが引かれている距離まで離れ、私の開始の合図と共に試合を始めてください」

「分かったわ」

「分かりましたわ」

そうして、あたしとルナティエは八メートル程の距離を開けて離れ、互いに木剣を構え、待機する。

その様子を確認した見届け人セバスはコホンと咳払《せきばら》いをすると、観衆に向けて大きく口を開いた。

「では、改めて、決闘のルールを説明致します。今回適用されるルールは『スタンダード』でございます。使用する武器は互いに木剣です。敗北条件は見届け人に棄権を宣言するか、剣を落とすか、十秒間膝を地面に付けていた場合となります。勿論《もちろん》、相手の決闘士を殺害するのは禁止事項であり、それも敗北条件に含まれております。魔法の使用に関しては自由です。戦い方に制限はございません」

魔法の使用は自由と言っても……今、あたしが使えるのは信仰系・低級治癒魔法の『レジストポイズン』だけだ。

この魔法は毒状態を治癒するだけで、相手を攻撃できるような代物ではない。

だから、つまり——あたしにとっての攻撃手段は、この木剣から放たれる『唐竹《からたけ》』だけだということ。

「すぅーはぁ……すぅーはぁ……」

あたしは静かに深呼吸をした後、遠くに見えるルナティエを見据える。

あたしが今、成すべきこと。それはあの女を叩《たた》き伏せることだけだ。

そういえば……確かアネットは別れ際、こう言っていたわね。

何があってもひたすら前へと、目標へと突き進もうとする、勇往邁進《ゆうおうまいしん》な心が剣士として最も重要な心構えだと。

剣での殺し合いは剣の技術で勝つものではなく、最後に立っていた者が勝利を摑《つか》むものなのだと。

あたしは目を伏せ、ルナティエの喉元に食らいつく、自分の姿を想像する。

そして次にイメージし、トレースするのは……何百回も叩きこまれたあのアネットの剣。

強烈で苛烈で、受けた側はその威力に後方へ飛ぶしかない、比類なき渾身《こんしん》の一撃。

何度も受けてきたからこそ、分かるはずよ。

彼女がどういった動作をもって、あの剣を放ってきていたのかが、今のあたしには、きっと――――。

「……はい、ただいまをもって午後八時を迎えました！　では、これより《騎士たちの夜典《ナイト・オブ・ナイツ》》を開始致します！　両者、女神アルテミスに恥じぬ戦いを!!　いざ尋常に――――ファイトッッ!!」

「オーホッホッホッホッホッホッホッホッ!!　ロザレナさぁん、先行は譲ってあげてもよろしくってよ？　何と言ってもわたくしは、中二級の腕前を持つ剣士。貴方のように最底辺の素人である低五級ではありませ――――」

跳躍し、大上段に構え、穿《うが》つ。

あたしはアネットの剣を頭の中に描きながら、駆け、跳躍し、そのまま木剣を――――ルナティエの頭上へと叩きこんだ。

「なッ――――!?」

ルナティエは寸前で木剣を構え、受け切るが、あたしのその剣の威力に耐え切れなかったのか……地面に膝を付けてしまっていた。

「カ、カウント開始です！　十！　九！　八――――」

「ふ、ふざけてんじゃ……ないんですわよォ――――ッッ！！！！」

剣を横薙《よこな》ぎに払い、あたしの剣を弾《はじ》くと、ルナティエは距離を取る。

その顔は驚愕《きょうがく》に満ちたものとなっており、ゼェゼェと息を荒げながら、彼女は瞠目《どうもく》した瞳であたしの顔を見つめていた。

「は……はあああぁぁぁぁぁぁぁぁぁぁぁぁぁぁぁぁぁッッッッ!?　い、いったい何なんですの今の剣はッ!?　この前素振りしていた時とは全然違――――」

「貴方、おしゃべりが好きなのね」

あたしは再び大上段に構え、跳び、ルナティエへと襲い掛かった。

あたしにできることは、ひたすら何度も何度も『唐竹』を打ち込むことだけ。

前へ前へと進み、標的が弱り切るまで大上段の剣を放ち続けて、その喉笛を狙って、食らい続ける。

その泥臭い戦い方こそがあたし――ロザレナ・ウェス・レティキュラータスという剣士の戦い方だ。

◇　◇　◇　◇　◇

「レティキュラータス家の使者というのは……貴方ですか？」

満月亭の前へと辿《たど》り着くと、玄関口前にある階段に、一人の男が座っていた。

彼は俺の姿を確認すると、所々欠けた歯で「ヒヒヒ」と笑い声を上げ、フードの中から痩せこけた顔を見せてくる。

「お前が、アネット・イークウェス、だな？」

「ええ、そうですが。貴方は……？　満月亭にいるということは、貴方がレティキュラータス家の使者なのですか？　旦那様から何か言伝《ことづて》を頼まれて、ここに来たのでしょうか？」

「使者、使者ねぇ……ヒヒヒッ！　悪いが……それはオメェを嵌《は》めるための罠《わな》さ！」

「え？　罠？」

「ヒャハハハハハハッ！　自分が騙《だま》されていることなんて気付かずにこの場にのこのことやってくるなんて、まったくもってマヌケなメイドだな！――――なぁ、ロイドの旦那!!こいつがお嬢様ご指名の獲物で良いんだよなぁ!!」

フードの男がそう、俺の背後に視線を向けて叫ぶと……ザッザッと足音を立てながら、その人物は背後から現れた。

「ディクソンさん……？」

「よう、メイドの嬢ちゃん、模擬戦の時以来だな」

彼はそう言ってまるで仲の良い友人に会うかのように、「よっ」と手を上げて、爽やかな笑みを向けてくる。

そしてその後、ボリボリと後頭部を掻《か》くと、申し訳なさそうな表情をして口を開いた。

「悪いが、『レティキュラータス家の使者がお前さんを探している』、なんていうのは全部お前さんをここにおびき寄せるためのデタラメだ。すまねぇな」

「私をここにおびき寄せる……？　い、いったい、それはどういう意味なのでしょうか!?」

「お前さんは、レティキュラータス家のお嬢ちゃんの精神的支柱の最たる人物だ。そんなことは、ここ五日間観察していれば誰だって分かることだからな。何たってあのお嬢様は、四六時中、お前さんのことを目で追っていたんだ。まるで主従の関係を越えた関係にあるかのように、俺の目には映っていたぜ？」

そう口にしてハハハと乾いた笑い声を溢《こぼ》した後、ディクソンは一呼吸挟み、鞘《さや》から剣を抜き放つ。

そしてその剣の切っ先を真っすぐ俺の喉元へと差し向けると、彼はニヤリと笑みを浮かべた。

「だから……うちのお嬢は万が一の布石として、お前さんを人質として手中に収める策略を思いついた。そういうワケなんで、怪我《けが》したくなかったら大人しく俺についてきてくれるよな？　メイドの嬢ちゃん？」

「……私の身の安全の保証と共に、お嬢様に試合を棄権するよう、脅迫を掛けるおつもりなのですか？」

「そういうこった。理解が早くて助かるぜ」

背後にいたローブの男も階段から立ち上がり、「ヒヒヒ」と笑いながらこちらににじり寄ってくる。

前後を大の男に挟まれ、首に剣先を突き付けられた俺は、「ひぅ」と、か細い恐怖の声を溢す振りをする。

この場でこいつらと戦うことは簡単だが……満月亭の前ではいつ誰がここを通りかかるのかも定かではない。

故に、わざわざ人気《ひとけ》の無い場所へとご招待してくださるのなら、その誘いに有難く乗ることにしよう。

俺はそのまま、現状に怯《おび》え、恭順する意志を素直に見せることしかできないか弱いメイドの少女を演じていく。

「わ、分かりました……！　す、素直に言うことを聞きますから、ど、どうか、酷《ひど》いことはしないでください……っ!!」

胸の辺りで手首を握り、目を潤ませ、俺はディクソンにそう懇願した。

するとこちらのその様子に、彼はふぅと安堵《あんど》の息を吐き、剣を腰の鞘へと仕舞った。

「そうか、良かった良かった。この前の奇跡に調子を良くして、万が一にでも抵抗する気なんて起こしたら、腕の一本くらい折らなきゃならなかったが……物分かりが良いメイドで安心したぜ。流石《さすが》の俺も、少女を痛めつける趣味はないからな」

「ロイドの旦那、このメイドの女は例の倉庫に連れて行けば良いんスかね？」

「あぁ、手筈《てはず》通りに頼む。……あと、今の俺はロイドじゃない、ディクソンだ。間違えるな」

「へい、すいやせん」

そう謝罪すると、痩せた男は懐からロープを取り出し、俺の腕を背中越しに拘束し始めた。

そんなこちらの姿を確認すると、ディクソンは自身の後頭部をポンポンと撫《な》で、疲れた表情を浮かべる。

「さて……後は、もう一人の嬢ちゃんの方だが……フリッドの野郎は無事に事を済ましているのかねぇ。小娘とはいえども、あのガキは【剣神】の孫だからな。少々、心配ではあるな」

「【剣神】の孫……？　そ、それは、もしかしてっ!?」

「あぁ、お前さんの想像通りさ。レティキュラータスの嬢ちゃんの精神的支柱、それはお前さんが一番大きな存在なのだろうが……もう一人、あの嬢ちゃんにとって大事な存在がいるだろ？　ここ最近でできた、新しい友人という奴《やつ》が、な」

「ジェシカさんを……ジェシカさんをいったいどうするつもりなのですか!?　貴方《あなた》は!?」

「どうもしねぇさ。ただ、お前さんと同じ、人質のカードになってもらうだけの話だ。……おい、連れて行け」

「へい」

そうして、俺はディクソンの配下に連れられ、暗闇の中に連行されていった。

後はグレイレウスが上手《うま》くやってくれることを、祈るばかりだな。

◇　◇　◇　◇　◇

「たぁぁぁぁぁぁぁぁぁぁぁぁッッッッ！！！！」

あたしは再び跳躍し、大上段のから剣を振り下ろし、『唐竹《からたけ》』をルナティエの脳天へと放っていく。

ルナティエはその一撃を後方へと飛ぶことで寸前で回避するが……あたしが地面に叩《たた》きつけた木剣から砂埃《すなぼこり》が舞い上がってしまったため、彼女は空中に舞ったその砂を大量に吸い込んでしまったようだった。

ゲホゲホと涙目になって咳《せ》き込むルナティエ。

その隙だらけの頭部に向けて、あたしは再度大上段に剣を構えて、力いっぱいに剣を振り下ろしていく。

「ちょ、ちょっと、ま、待ちなさ――――」

またしても寸前で防がれ、交差する木剣。

その向こう側で、ルナティエは動揺した顔で、あたしを睨《にら》みつけた。

「あ、貴方は、獣か何かですかッ!? こ、こんな、猪突猛進《ちょとつもうしん》にただ剣を振って叩きつけるような戦いは、けっして騎士の決闘では――――」

「このままでは、ダメだわッッッ!!!」

「は？」

「貴方にこんな簡単に防がれているようでは、ここで貴方を越えられないようじゃ、あたしはここで潰《つい》える未来しかないッ!!!! このままでは、彼女《アネット》のあの剣には到底及ばないわッッ!!!!! ここが分水嶺《ぶんすいれい》よ、進化を遂げろ、ロザレナ・ウェス・レティキュラータス!!!!!」

あたしは大上段に構え、続けてガンガンと、木剣をルナティエの剣へと連続して叩きつけていく。

反撃の隙など、与えはしない。

あたしにできることは、ただ大上段に剣を構え、相手の脳天を狙って撃ち抜くこと……ただそれだけだ。

剣を振る時、いつも脳裏に浮かぶのは今も昔も変わらず、幼い頃の――――奴隷商団の長である剣士を倒し、世界の全てを斬り裂いてみせたアネットの後ろ姿。

揺れる、栗毛《くりげ》色の長い髪。

真っすぐに前を見据える、澄んだ青い瞳。

まるで神話の英雄のように威風堂々と佇《たたず》む少女のその姿を、あたしは今でも忘れることができない。

あんな風に自分もなりたいと、そう思ったからこそ、あたしは今まで五年間『唐竹』の素振りを行ってきたんだ。

彼女の見る景色に少しでも近付きたくて、そして彼女に守られるばかりではなく、その隣に立てる自分になりたくて。

あたしは、アネット・イークウェスという名の剣士に、憧れを抱いた。

「────だからこそッ!!」

だからこそ、こんなところで止まってなどはいられない!!

もっと速く、もっと強く、剣を研ぎ澄ませろ、剣を研ぎ澄ませろ!!

目の前の撃破すべき敵を討ち倒すために、全身全霊の力を込め、剣を振り下ろせ!!

彼女のあの背中にいつか追い付くために、ここで道を切り開くんだ!!

あたしはいつか必ず【剣聖】になる。だから、こんなところで足踏みなどしていられるか!!

「……んのッ、調子に乗ってんじゃありませんわよぉぉぉぉぉぉ!!!!」

上段に剣を構えたその隙を見計らって、ルナティエは突如屈《かが》むと、あたしの右脚に足払いを掛けてくる。

軸足に放たれたその蹴りに耐え切れず、転びはしなかったものの、あたしは思わず体勢を崩してしまった。

その光景を見て、ルナティエは笑みを浮かべると――呆然《ぼうぜん》と腕を上げているだけのあたしの顎に目掛け、容赦なく剣を突いてきた。

「おマヌケさん！　確かに威力は凄《すさ》まじいものがあったみたいですけれど、だからといって、上段の隙をカバーできると思ったら大間違いですわ!!」

獲物に向かって飛びつく蛇のような剣閃《けんせん》を描くその木剣の切っ先は、あたしの喉笛に噛《か》みつこうと迫ってくる。

だけど、この程度の速度、アネットの剣に比べたら止まって見えてしまうレベルだ。

あたしは向かってくる剣に向かって、恐れずに一歩、足を踏み出し前へと出る。

そして、向かってくる蛇を、軽く身体《からだ》を反らすことで寸前で回避してみせた。

「……は？」

呆《ほう》けたように前へ剣を突き出したまま、固まるルナティエ。

あたしはすれ違い様に、そんな彼女のガラ空きの背中に目掛けて――振り上げていた腕を降ろし、そのまま容赦なく剣を叩き込んだ。

「ぐふぁッツッ！！！」

そして、ルナティエは地面へと叩きつけられ、口から血を吐き出す。

そんな倒れ伏す彼女に向かって、あたしは距離を取り、すぐさま上段の構えを取る。

立ち上がったその瞬間、いつでも『唐竹』をその脳天に叩きこめるように、戦闘態勢を整えた。

「見届け人さん、カウントはまだかしら?」

「あ――――、十! 九! 八! 七――――!!」

あたしのその言葉に、唖然《あぜん》とした表情を浮かべていた見届け人は、慌ててカウントを取り始める。

彼女が今の一撃で剣を手放してくれていたのなら、あたしの勝ちは確定していたのだけれど……生憎《あいにく》、ルナティエはまだその手に剣を持ったままだ。

まだ、戦いは、終わってはいない。

「……痛ッッ!! よ、よくも、よくもやってくれましたわねッッ!!」

そう口にして、十カウントが数えられるギリギリにルナティエは立ち上がる。

その顔は先程の一撃で大きくダメージを受けたのか苦悶《くもん》に歪《ゆが》んでおり、未《いま》だにあたしに一太刀も与えられていないことに、苛立《いらだ》った様子を見せていた。

あたしはそんな彼女に、そのまま上段からの一撃を再度、叩きつけていく。

「ちょ――――ちょっと!! だ、だから、待ちなさ――――」

「何故《なぜ》、貴方の言うことをあたしが聞かないといけないのかしら!?」

またしても、再び交わる木剣。

その向こう側にいる彼女は、先程とは打って変わり、怯えた表情になっていた。

「あ、貴方、ほ、本当に素人なんですの!?　いったい何なんですの、その絶大な威力が宿る『唐竹』と、わたくしの刺突を躱《かわ》せるその俊敏性はッ!?」

「……折れろ」

「は？」

「折れろ!!　折れろ!!　折れろ!!」

あたしはただ死に物狂いで連続して唐竹を放ち、ルナティエの剣を叩きつけていく。

そんなこちらの様子に、ルナティエは引き攣《つ》った笑みを浮かべた。

「ま、まさか、こちらの木剣を壊そうと……!?」

「折れろ!!　折れろ!!　折れろ!!　折れろ!!　折れろ!!　折れろ!!　折れろ!!」

「く――――狂ってるんじゃありませんの!?　貴方!?　その瞳孔の開いた目ッ!!　まるで血に飢えた獣のようですわッッ！！！」

そんな彼女の言葉など、聞く耳も持たずに。

あたしはただ、無我夢中に剣を叩きつけていく。

その光景に、ルナティエは慌てたように声を張り上げた。

「ちょ、ちょっと待ちなさい、ロザレナ・ウェス・レティキュラータス!!　あ、貴方、このままわたくしに剣を振り続けたら――――大事な人が酷い目に遭うことになりますわよ!!」

「……何ですって？」

剣を止め、あたしが漏らした驚愕《きょうがく》のその声に、ルナティエは不気味な笑みを浮かべるのだった。

◇　◇　◇　◇　◇

聖騎士駐屯区内から離れた、王都南西の居住区にある倉庫内。

俺はそこで後ろ手にロープを括《くく》りつけられたまま、床に正座して座っていた。

「もうそろそろ、お嬢様の決闘が終わる頃ですかね……」

本当に、彼女の成長をこの目で確認できなかったことだけは、残念でならないな。

彼女の内に宿る獰猛《どうもう》な獣のような闘争心が解放されたその時……この五年間振り続けてきたロザレナの『唐竹』は、絶大な威力を伴った必殺の一撃へと変貌を遂げるだろう。

今まで無能貴族の烙印《らくいん》を押され、レティキュラータスの末裔《まつえい》だからと馬鹿にしてきた連中が、皆、一様に彼女のその剣に恐怖し慄《おのの》くことになる。

ロザレナが幼少の頃から苦しんできた呪縛から解き放たれる、その瞬間に立ち会えなかったことは、非常に口惜しい。

「は!?　何っ!?　ジェシカ・ロックベルトの確保に失敗しただってっ!?」

数人の男と共に椅子に座っていたディクソンは、突如乱暴に立ち上がると、テーブルに拳を叩きつける。

そして耳元に手を当て、念話相手へと怒りの言葉を撒《ま》き散らした。

「おい、フリッド、てめぇ!! お嬢様が借金の全額返済を約束してくれたってのに、その体たらくは何なんだ!! ジェシカ・ロックベルトと旧知のお前なら、怪しまれずに間合いに入り、催眠薬の塗られたハンカチを嗅がすことくらいワケねぇだろうに!! 何やってやがんだ、てめぇ!!」

椅子を蹴り飛ばし、怒りを露《あら》わにするディクソン。

あの常に飄々《ひょうひょう》とした男がここまで感情を発露させた様子を見せるとは……余程、ジェシカを捕らえられなかったことが予想外の失敗だったのか。

彼はギリッと歯を噛みしめると、眉間に皺《しわ》を寄せ、憤怒《ふんぬ》の表情を浮かべる。

「クソがッ!! こんなことなら俺が直《じか》にジェシカ・ロックベルトの下に向かうべきだったぜ!! あんなクズに全権任せたのが間違いだった!! チッ、今からでも俺が出向いて探しに行ってくるか!? いや、本命のメイドはこっちの手にあるんだ。それだけでもまずは良しとし――――」

「……どうやらジェシカさんは、無事に貴方《あなた》の配下の手から逃れられたようですね」

「あぁ!?」

突如口を開いた俺に対して、ディクソンはこちらに鋭い眼光を見せてくる。

俺はそんな彼の顔を真っすぐに見据え、無表情のまま言葉を続けた。

「貴方の配下、フリッドさんでしたか？　彼は背後からジェシカさんに薬を嗅がそうとした直前、ある学生の手によって、それを阻止され……気絶させられた。そんなところでしょうか。どうですか？　私の推測は当たっていますか？」

「ッ!?　ど、どうして、そのことを!?」

「申し訳ありません。先程貴方は、私を罠《わな》に嵌《は》めたと仰《おつしや》っていましたが……それは、私も同じだったんですよ。ディクソン・オーランドさん」

俺は予《あらかじ》め袖に隠していた小型ナイフを取り出し、それで両手を縛り付けている縄を即座に切断した。

そして立ち上がると、手首をコキコキと鳴らしながら、倉庫内にいる男たち一人一人に視線を向けていく。

「ざっと見たところ、十五人、といったところでしょうか。よくもまぁ、ただのか弱いメイドである私のために、ここまで人を集めたものです」

「お前さん……ナイフを隠し持っていたのか？」

「ええ。こうなることは、予め分かっていましたので」

「予め分かっていた、だと？　お嬢ちゃん、いったい何を言って……」

困惑するディクソンを他所《よそ》に、他の男たちは俺を見て下卑た笑い声を上げ始める。

「ヒャヒャヒャヒャヒャヒャッ!!　ナイフで縄を切ったからって、俺たちから逃げきれるとでも思ってんのかい、メイドちゃん!!」

「そのナイフで挑んでみるかー？　運が良ければ、俺の頬に掠《かす》り傷《きず》くらいは付けられるかもな!!　ギャハハハハハハッ!!」

「それよりも俺たちと遊んでいこうぜー？　そのでかい胸、揉《も》ませてくれよ!!　ハッハッハッハッ!!」

彼らは完全に、俺を、力を持たないただの小娘だと思い込んでいやがるようだ。

まぁ、そう仕向けたのは俺だから、この状況は上手《うま》く策が運んだものと見て喜んで良いのだろうがな。

少しムカツクけれど……まぁ、後でしっかりとこの怒りは清算させてやるから問題は無い。

俺はふぅと大きく息を吐き、奥の扉へと視線を向け、声を掛ける。

「おい、もう入って来て良いぞ、グレイレウス」

その声を発したのと同時に、扉を蹴破り、倉庫内にグレイレウスが姿を見せた。

彼は瞠目《どうもく》して驚くディクソンたちを無視し、俺へと目掛けてあるものを投擲《とうてき》してくる。

そのあるものは空中で弧を描き飛ぶと、俺の前へとカランカランと音を立てて転がってきた。

俺は手に持っていたナイフを地面に放り投げると、目の前に落ちているそれを拾い上げ
――――ディクソンたちに向けて、構える。

そして、不敵な笑みを浮かべた。

「さて……愛刀箒丸《ほうきまる》もこの手に渡ったことだし……久々に本気で剣を振ってみるとするかね」

そう口にした俺の姿に、ディクソンは肩を竦《すく》め、呆《あき》れた表情を浮かべる。

「お、おいおい、仲間が来たことには素直に驚いたが……まさか嬢ちゃん、またその箒《ほうき》で俺たちとやりあう気じゃねぇだろうな？」

「そのまさか、だとしたら？」

「おいおいおいおい……流石《さすが》にそいつは笑えねえ冗談だ。俺は敵意を向けられて容赦できるほど、大人じゃねぇ。その綺麗《きれい》な顔に傷を付けたくなかったら、今すぐその箒を地面に置いて、大人しく――」

「……ククク。ハハハ……ハハハハハハハハハハハハハハハハハハ！！！」

俺は額に手を当て、大きく笑い声をあげる。

そして、猫を被《かぶ》るのを止《や》め……俺は、本来の自分の顔を表に出した。

「まだ分からねぇのか、テメェは。テメェらは今まで、この俺の掌《てのひら》の上で踊らされていたんだよ」

「……は？」

俺は額から手を離し、肩に箒を乗せる。

その後、ディクソンたちの下へと向かって、倉庫の中央を堂々と闊歩《かっぽ》して行った。

「何、簡単な話だ。ロザレナは入学してから今まで、お前らの度重なる嫌がらせに一切、屈することはしなかった。お嬢様本人に直接向けられた悪意は意味を成さない。その結果を見て、ルナティエは次にどういった行動を取るのか。それを推測するのは容易だ。本人にダメージが通らないのなら、攻撃対象を、ロザレナの大切な人間に向けるしかないのだからな」

そう喋《しゃべ》りながら歩みを進めていた、その時。目の前に、巨漢が現れる。

彼はボキボキと拳を鳴らしながらこちらを見下ろすと、嘲笑を溢《こぼ》し、声を掛けてきた。

「おい、お嬢ちゃん！　仲間が来たからって良い気になってんじゃねぇぞ！　こっちは十五人で、そっちは二人だ！　あんまり調子に乗っていると、本気で怖い目に遭わせてやるからな」

「退《ど》け、木偶《でく》の棒」

俺は箒を横一閃《いっせん》に振る。

――その瞬間。目の前にいる大男は物凄《ものすご》い勢いで後方へと吹き飛んでいった。

そのまま奴《やつ》はドシャァンと、グレイレウスが立つ入り口横の壁へと盛大に叩《たた》きつけられる。

その後、「かはっ」と乾いた息を吐き出し、ドサリと床に倒れ伏す男。

目の前で起こったその光景に、ディクソンたちはポカンと口を開き、啞然とする。

グレイレウスも、横で倒れ伏すゴロツキを見つめた後、俺に驚きの目を向けてきた。

俺はそんな彼らの様子にハッと鼻を鳴らすと、そのまま歩みを進めて行く。

「この学校でロザレナと関係が深いのは、俺を除けばジェシカだけだ。だから、ジェシカさえ守れれば、あとは俺の独壇場となる。何故《なぜ》なら……俺には一切、武力行使は通用しないからだ」

「て、てめぇ!! 余裕ぶっこいてんじゃねぇぞ!!」「ブチ殺してやる、メイド!!」

左右から、剣を抜いたゴロツキ二人が襲い掛かってくる。

一撃目を、身体《からだ》を横に反らすことで回避する。二撃目を、跳躍し回避する。

宙を飛んだ俺は、そのまま回転すると、右側にいる男の顔面へと回し蹴りを放っていった。

「ぐはっ!?」

男が後方へと吹き飛んでいくのを見届け、俺はそのまま地面へと降り立つ。

するとすぐに、残った一人が、俺の肩口に向かって剣を振ってきた。

俺はそれをバックステップで飛び退《の》き、難なく回避することに成功。

「ジェネディクトの奴に比べれば……どうってことはないスピードだな」

「はぁぁぁぁぁぁぁぁ!!」

ヒュンヒュンと連続で剣を振ってくるが、俺はその全てを軽く身体を反らすことで避《よ》けていく。

その後、箒で奴の剣を弾《はじ》くと、足を一歩前に出し、男の懐へと入る。

そうして、箒をクルリと一回転させ、持ち手を変えると――――男の腹に目掛け、箒の柄を真っ直ぐに突き出した。

「うぐぁっ!!」

みぞおちに放たれた、突きによる強烈な一撃。

男は瞬時に意識を失い、地面に膝を付け……糸が切れたように前のめりに倒れ伏す。

その光景を確認した後、俺はクルクルと箒を回し、箒の柄の部分を地面にトンと置く。

そして「ふぅ」と短く息を吐いた後、倒れ伏す男の背中を無表情で見下ろした。

「人を見た目で判断してんじゃねぇぞ、三下。悪いが、てめぇらとは年季が違ぇんだよ」

「嘘《うそ》……だろ……?」

顔を上げると、そこには、信じられないと呆《ほう》けたように口を開ける男たちの姿が。

俺はそのまま倒れ伏す男の背を踏み付け、再びディクソンへと向かって歩みを進めて行った。

「お前らは読み通り、この俺を単なるメイドだと決めつけ、人質にする策を取ってきた。まんまと……自分たちが罠に嵌められていると、気付かずにな」

「なっ……何なんだ……お前……」

「ククッ。ここならば、存分に暴れられるな。助かったぜ、わざわざ人がいない場所に連れてきてくれてよぉ」

「何なんだよ、お前はッ!!　ただの箒で、自分の倍以上はある背丈の男たちをいとも簡単に倒した……だと？　お、おいおいおい、こ、こんなバカな話があって良いのかよ!!　こいつらは城下でも有名な札付きの悪だぞ？　俺は……俺は夢でも見ているのか!?」

目を血走らせ、叫び声を上げるディクソン。

俺は焦燥する奴に対して、不敵な笑みを浮かべる。

「なぁ、おい、ディクソン・オーランド。てめぇらの敗因はいったい何だと思う？」

「な、なんだ、いったい、お前はどうして急にそんな乱暴な言葉遣いになった？　まさか、雰囲気を変えた程度で俺たちが怖がるとでも思っていやがるのか!?　いくらか力はあるようだが、俺は元フレイダイヤ級冒険者、火翼竜《ワイバーン》殺しのロイドだぞ!!　お前のようなメイド風情が相手になるような存在じゃねぇ!!」

そう咆哮《ほうこう》を上げると、ディクソンは腰の鞘《さや》から剣を引き抜く。

俺はそんな彼に対して表情を変えず、静かに前へと進んでいく。

「だからどうした？　お前が何者であろうと俺には関係ない。言葉遣いを変えたのは、単に、てめぇら如《ごと》きゴミクズどもに敬語なんて使う必要はねぇと思ったからだ。もう猫被るのは止めだ。マグレットも、お前らみたいな奴らに敬語を使う必要はねぇって、きっと理解してくれると思うぜ」

「……は？　な、何で……ビビらねぇ……？　りゅ、龍殺しだぞ!?　王国に五人しかいない、最上級冒険者の階位を手に入れた、英雄の領域に立った男だぞ、俺は!!　イカれてんのか、お前……!!」

「龍を殺したくらいで良い気になってんじゃねぇぞ、若造。……一人ずつ相手にするのも面倒だな。ここで全員、一掃してやる」

そう言ってククと笑うと、俺はディクソンを見据え、口角を上げる。

そして……戸惑う総勢十三名のゴロツキどもの前に立った後、箒を上段に構えた。

「お、お前ら！　全員でかかれ！　この生意気なガキに大人の怖さを思い知らせ……」

「メイドの土産に教えてやるよ。てめぇらの敗因は――――」

◇　◇　◇　◇　◇

「――――大事な人が酷《ひど》い目に遭う、ですって？」

その聞き捨てならない台詞《せりふ》にあたしは思わず上段に構えていた手を振り下ろさずに、そのまま止める。

するとこちらのその様子に、ルナティエは不気味に微笑《ほほえ》んだ。

「そうですわ。貴方《あなた》の大事なメイド……何て言ったかしら？　アネットさん、だったかしら？　フフフフ……そのメイドは今、わたくしの配下の手にありますの。確か、試合が始まる直前くらいのことでしたわ。情報魔法【コンタクト】による念話で、捕獲することに成功したと、従者から連絡を受けたのは」

そう言って、口元に手の甲を当て高らかに笑うと、ルナティエは先程とは一変、勝者の笑みを浮かべ始める。

「もうじき、貴方のお友達のジェシカさんも、わたくしの配下の手に落ちることでしょう。……フフッ、フフフフフフフフフッッ!!　オーホッホッホッホッホッホッホッホッホッ!!　《騎士たちの夜典》《ナイト・オブ・ナイツ》である今日この日は、賭け事に興じる客人がこの学園区内へと多く足を運ぶ日。ですからわたくしの手の者をこの学校に忍ばせても、何の不自然も無いのですわぁ!!　本当、わたくしってば策士ですわねっ!!　オホッ!!」

「……」

「あら？　あらあらあらあらあらー？　突然、俯《うつむ》いて無言になってしまわれて、どうしたのですか？　ロザレナさーん？　さっきまでの威勢は何処《どこ》にいったんですのぉー？」

「……プッ」

「は？」

「プッ、クスクス、あ――――っはははははははははははっっっっ！！！！　さ、攫《さら》う、ですって!?　アネットを？　貴方の手下が？　あはっ、あはははははははははははっっっ！！！！！　やばっ、お腹《なか》痛いっ！！！！！」

「な、何がそんなに可笑《おか》しいんですの!?　貴方の大事なメイドが傷付けられても良いんですのッ!?」

「どうぞ？　傷付けられるものなら、やってみなさいよ」

「なッ――――」

「貴方、喧嘩《けんか》を売ってはいけない相手に喧嘩、売っちゃったわね。勝利のためならどんな手段も使おうとするその姿勢だけは、あたし、嫌いじゃなかったけれど……ちょっと、調子に乗りすぎちゃったんじゃないかしら？」

「こ、これを聞いても笑っていられるのかしらぁ!?　貴方のメイドを攫ったわたくしの従者は、何を隠そう、元フレイダイヤ級冒険者の男なのです!!　荒れ狂う火吹き翼龍をも殺したことのある、英雄の領域と言われる、最上級冒険者なんですわよッッ！！！！　ですから、貴方のメイドなんか赤子の手を捻《ひね》るくらいでちょちょいのちょいと――――」

「あの、ごめん、それが何？」

「……はい？」

呆けた顔でポカンとあたしの顔を見つめるルナティエ。

あたしはそんな彼女の顔にフフッと軽く笑うと、再び剣を上段に構えた。

「ルナティエ・アルトリウス・フランシア。貴方の敗因は一つだけよ」

そう口にして、あたしは地面を蹴り上げ、空を舞う。

眼下にあるのは、顔を青ざめさせ、慌てて剣を横に構えるルナティエの姿。

あたしは、そんなルナティエの頭上目掛けて……全力で『唐竹《からたけ》』を放つ。

「貴方の敗因、それは――――あたし、たち、を」

「お前たちは俺、た、ち、を――――」

「「――――――――――――――――舐《な》めたことだッッッ！！！！」」

あたしが放った上段の剣、五年間振り続けて来たその『唐竹』は、ルナティエの剣を粉々に打ち砕き、そのまま彼女の脳天を叩《たた》き伏せた。

俺が放った上段の剣、何百何千何億と振り続けた『唐竹』から派生した奥義、【覇王剣】は、倉庫の中の世界を全て破壊していった。

後に残るのは――――崩落し、瓦礫《がれき》の山となった世界だけだった。

《グレイレウス視点》

「――――これが、アネット・イークウェスの本当の力、か」

グレイレウスは目の前にある瓦礫の山を唖然《あぜん》とした表情で見据え、驚愕《きょうがく》の声を漏らす。

そしてその後、彼は、二日前に起きた出来事をゆっくりと思い返していった。


『何？　《騎士たちの夜典《ナイト・オブ・ナイツ》》の開催日に、ジェシカ・ロックベルトの護衛を頼みたい、だと？』

『はい。お願いしてもよろしいでしょうか？』

深夜。

いつものように訓練を終え、疲れ果てたのか……ぐーすかと地面に横たわって眠るロザレナを見下ろすと、アネットは振り返り、微笑みを浮かべながらオレにそう言葉を投げてきた。

オレはそんな彼女に首を傾《かし》げつつ、疑問の声を返す。

『まるで話の意図が摑《つか》めないな。何故《なぜ》、《騎士たちの夜典《ナイト・オブ・ナイツ》》の日にあのアホ女の護衛をする必要があるんだ？』

『……恐らくルナティエは、決闘当日、勝利を確実にするためにお嬢様の弱みを的確に突いてくることでしょう。お嬢様の弱み、それは、自分が傷付けられることではなく、他人が傷付く姿を見せられること。ですから、彼女のその弱点となり得るのが最も交友の深い、私とジェシカさん、というわけなのです』

『なるほど。人質を取って脅しを掛けてくる、ということか。フン、確かにあの女がやりそうな手段ではあるな。お前のその推測は十中八九当たりと見て良いだろう』

——ルナティエ・アルトリウス・フランシア。

幼少の頃、養父に連れられた剣の指導教室で何度か会話を交わした記憶があるが……あの女は七、八歳にして、勝利というものに異常な執着心を持っていた子供だった。

たかが余興のボードゲームですら奴《やつ》は負けそうになると、札束をテーブルに置き、相手から『勝利』を買収しようとしてくるし、徒競走で相手が運動神経の良い男子だった場合は事前にその男子の昼食に下剤を混ぜ、無理やり不戦勝を摑み取ろうとする。

勝つということに対して、並々ならぬ執着心を、あの女は持っていた。

だから、決闘に勝利するために、人質なんて汚い手を使ってくることも容易に想像することができる。

『……相も変わらず下種《げす》な女のようだな、奴は』

『？　グレイレウス先輩？』

『いや、なんでもない。それで？　オレにあのアホ女……ジェシカ・ロックベルトの護衛を任せたい件については理解したが、お前はその間、いったいどうするつもりなんだ？』

『私は、敢《あ》えて、そのまま敵の手中に飛び込みたいと思います。その方が、ルナティエの配下たちを一掃するのに手っ取り早いですから』

『……実力を出して、戦うつもりか？』

『ええ。この学校の関係者がいない、何処か別の場所に連れて行ってくれるのならそれはそれで好都合ですからね。それに……決闘でルナティエが負け、その後、彼女の従者がただのメイドごときに敗北しただなんてことを学校中に流布して、さらに恥の上塗りのような真似をする理由もないでしょう？　人質に取ってくれるのはむしろこちらにとって利点しかないのですよ』

　そう言うと、どう見てもか弱いメイドでしかない目の前の少女は……その様相には似つかわしくない程の、邪悪で不敵な笑みを浮かべた。

　オレはそんな彼女の姿に、フンと鼻を鳴らし、微笑を浮かべる。

『良いだろう。ジェシカ・ロックベルトの護衛の件は確かに承った。だが……その代わりに一つ、お前に頼みたいことがある』

『頼みたいこと？　それはいったい何でしょうか？』

『お前がルナティエの配下と戦うその時……その実力の全てを……オレにお前の本気の剣

を見せてくれないか？』

『本気の剣、ですか？　それならこの前、お嬢様との特訓の時にお見せして――』

『お前がこの前放っていた、あの唐竹……確かにアレにはとてつもない威力が宿っていた。間違いなく、【剣王】クラスの実力はある剣技だということは見間違いようがない。だが……どうにもオレには腑《ふ》に落ちないことがある。それは、あの剣技を何度振っても、お前が汗一つをかいていなかったことだ』

『……』

『現に今、ロザレナの訓練をし終え、何百回も唐竹を放ったというのに、お前は疲れた様子を見せていない。そのことからオレは確信を抱いた。お前がまだ、力を隠し持っているということにな』

そうオレが言葉を放つと、目の前の少女は、まるで別人が憑依《ひょうい》したかのように……様子を一変させた。

額に手を当て、ククククと低い笑い声を溢《こぼ》すその姿は、さっきまでの礼儀正しいメイドの少女ではなく。

対面しているだけで全身の毛穴から脂汗が噴き出てくるような――異様な気配の宿る少女の形をした怪物へと、変貌を遂げていた。

『クククク……俺の実力を訝《いぶか》しんで仕掛けてきた時から、どうにも洞察力が高いガキだとは思っていたが……まさか、汗の有無で俺の実力の底まで見破ってくるとはな。流石《さすが》にこれには驚いたぜ。俺は少々、お前のことを見くびっていたようだな、グレイレウス』

『な、何なんだ、お前は……い、いったい、いったいお前は何者なんだ!?』

アネットの異様な様子に、オレはゴクリと唾を飲み込む。

そんなオレに対して、彼女は肩に箒《ほうき》を乗せると、ニヤリと笑みを浮かべた。

『俺が何者かなんてことは、今はどうでも良いことなんじゃねぇのか？　お前はただ、俺の実力を知りたかった。そうなんだろう？』

『あ……あ、あぁ!!　その通りだッ!!　アネット・イークウェス、オレはただ純粋に、お前という剣士がどこまでの存在なのかを知りたい!!　オレが初めて師事したいと感じた存在であるお前が、いったいどれ程のものなのかをこの目で測らせてくれッッ!!』

『良いだろう。だが……経験上、俺の全力を見た奴は、その殆《ほとん》どが俺に恐怖することになっている。お前も俺に恐怖をしてこの学校を辞める、だなんてことにならなきゃいいがな』

そう言って不敵に笑う強者然としたメイドの姿に、オレは思わず身震いしてしまった。

「なるほど。確かに……この力を前にしては、恐怖するなと言う方が無理があるな」

そう言って、オレは目の前に広がる光景……先程まで倉庫が建っていた場所に視線を向ける。

そこには、建造物が在った面影など一つもなく。

現在は周囲一帯に、積み重なった瓦礫の山だけが存在していた。

事前にアネットからは、『俺が箒を上段に構えた時は、猛ダッシュで逃げろ』と言われてはいたが……まさか、倉庫そのものを壊滅させることになるとは思ってもみなかった。

単なる箒の一太刀で、一瞬で瓦礫の山を造り出したこの光景には、流石のオレも唖然とせざるを得ない。

「けほっ、こほっ！　畜生、自分も一緒になって巻き込まれちまうとは、アホ丸出しだぜ。……てか、何か、胸がつっかえて出られないんだけど？　何これ？　瓦礫の下からどうやっても身体《からだ》が出て来ないんだが？　もしかしてこれって……詰み？」

「ッッ!!　アネットッッ!!」

瓦礫の山のてっぺんから這《は》い出てきたアネットを見つけたオレは、即座に山を駆け上っていく。

そして、彼女の腕を摑むと、勢いよくアネットの身体を地上へと引っ張り上げた。

「おおっ、とっ！　悪い、助かったぜ、グレイレウス！　ありがとな！」

「い、いや、別に礼を言う必要は……いえ、その……」

「ん？　どうした？　青ざめた顔で俺を見つめて……って、あぁ、そうか。もしかして……やっぱりお前も俺の【覇王剣】に恐怖したのか？　まぁ、それは仕方のないことだな。すまない。お前を怖がらせる気は俺には一切無かっ——」

「——これまでのご無礼の数々、誠に申し訳ございませんでしたッッ！！！」

「……はい？」

勢いよく頭を下げるオレの姿に、アネット師匠は瞬きして驚く。

そしてオレは頭を上げた後、地面に片膝を付け、胸に手を当て、騎士としての忠誠の礼を彼女に対して行った。

「このグレイレウス・ローゼン・アレクサンドロス、今日この日より、貴方様《あなたさま》の弟子としてアネット師匠に忠誠を誓いたいと思います。ですから、どうか！　今までのご無礼の数々をお許しいただければ幸いです‼　これからは親しみを込めて、師匠《せんせい》と、そうお呼びさせてもらってもよろしいでしょうか‼　我が師よ‼」

「え……？　あの、嫌だけど？」

ヒュゥゥゥと、辺りに冷たい風が吹き抜けていった。

◇　◇　◇　◇　◇

倒れ伏すルナティエを、あたしは静かに見下ろす。

彼女は白目を剝《む》き、口から涎《よだれ》を垂らしていて――――どう見ても気を失っている様子だった。

もしかしたら、あたしの放った全力の唐竹《からたけ》によって、脳震盪《のうしんとう》を起こしているのかもしれない。

少し、やりすぎてしまったかと後悔したが……胸が動いていることからちゃんと呼吸していることが確認できたので、ひとまずは一安心かな。

あたしは安堵《あんど》の息を吐きつつ、ルナティエから視線を外し、見届け人の男へと顔を向ける。

「ねぇ。これ、あたしの勝ちってことで良いのよね？」

「はっ――――はいっ!! こ、今宵《こよい》の《騎士たちの夜典《ナイト・オブ・ナイツ》》の勝者は、一期生、黒狼《フェンリル》クラス級長、ロザレナ・ウェス・レティキュラータスとなりました!! 皆さま！ どうか熱き戦いを繰り広げてくれた彼女に惜しみない賞賛の拍手を!!」

そう、会場に向けて見届け人は叫ぶが、会場に鳴り響くのは、控えめに叩《たた》かれた微《かす》かな拍手の音だけだった。

観客席を見渡してみると、皆、一様にしてポカンと口を開き、唖然としている様子が見て取れる。

まぁ、あたしみたいなド素人が、高名なフランシア家の息女であるルナティエを無傷で倒しちゃったら、そうなるのも無理はないのかしらね。

それにしても、最初はあれだけあたしのことを馬鹿にするような野次を飛ばしていたくせに、あたしが勝った途端口を噤《つぐ》むだなんて……本当、腹の立つ奴らだわ。

ムカツクから、文句の一つでも言ってやろうかしら？

あたしは、そんな観客席に呆《あき》れた視線を向けながら、何か言ってやろうかと口を開きかけた。

――――その時。

突如あたしの耳に、聞きなれた声が届いてきた。

「ロザレナちゃーんっ!!　おめでとぉ――――っっ!!　とってもとってもかっこよかったですよぉ――――っっ!!」

「ハッハハッハー!!　やるではないか、レティキュラータスの姫君!!　流石は我が愛《いと》しのメイドの姫君の主君だ!!　このマイスが褒めてやるとしよう!!」

声がする方向へと視線を向けてみると、その席には、スタンディングオベーションをするオリヴィアとマイスの姿があった。

周りが誰一人歓声を上げない中、率先してあたしの勝利に喜声を上げてくれるなんて……彼女たちのおかげで、少しだけ、ムカムカとしていた心が晴れやかになったような気がする。

満月亭の寮に入って良かったと、あたしは今、心から思うことができた。

癖は強いけれど……心根が優しい、良い先輩たちに巡り合うことができたからだ。

あたしは二人に向けて大きく手を振って、声を張り上げる。

「あたし、やったわ――――!! 勝てたわ――――っっ!!」

そこにアネットの姿が無かったことは残念だったけれど、それは嘆いても仕方ないこと。

だって、アネットはきっと、あたしがルナティエと戦っている間、別の場所で戦っていたと思うから。

あたしたちは離れた場所で、お互いを想《おも》って剣を振っていた。

それさえ分かっていれば、この場に彼女が居なくても構わない。

「――――でも、あたしの勝利した瞬間は、一番にアネットに見てもらいたかったかな」

誰よりも愛しい人であり、誰よりも尊敬している剣士である彼女には、あたしの全てを見ていて欲しい。

今更だけど、やっぱりあたしって、アネットのことが大大大好きなんだなって、改めて再確認したわ。

いや、今はもう、子供の頃よりも、もっともっと、彼女のことが好きで好きでたまらなくなっているかもしれないわね。

昔は、女の子同士だからって、色々と逡巡《しゅんじゅん》したこともあったけれど……今はそんな性別の壁なんて何とも思わない。

彼女との愛の形をちゃんと示せるのなら、同性婚が認められている帝国にでも移住してしまおうかしら？

フフッ、なんて、ね。

今はあたしもアネットもこの学校でたくさんたくさんやることが残っている。

だから……あたしが彼女にプロポーズするのは当分先のことかしら、ね。

「本当、アネットは困った子ね。このあたしをどんどん惚《ほ》れさせてくれるのだから……」

そう呟《つぶや》いた後、『八百長なんじゃないか!?』とか『レティキュラータスの名を騙《かた》った他の候補生なのでは!?』とか、観客席から失礼な言葉が聞こえてきた。

そんな観客たちに向けて、あたしは不敵な笑みを浮かべる。

この勝利は――あたしたち主従が共に摑《つか》み取った、この学校での最初の第一歩となる始まりのプロローグだ。

二人だったからこそ成し遂げられた勝利。

レティキュラータス家の人間であるあたしたちが摑み取った、お家復興の栄えある第一歩目。

あたし一人じゃ、きっとこうは上手《うま》くいかなかったと思う。

幼少の頃から変わらない。あの子は、あたしの背中をずっと支えてくれている。

アネット。やっぱりあたし、貴方とこの学校に入れて……本当に良かったわ。

「……」

髪紐《かみひも》を解き、その紅《あか》い髪紐を手のひらの上に乗せて、あたしは見つめる。

そして、髪紐をギュッと握りしめ、フフッと微笑《ほほえ》みを浮かべた。

「もう……限界みたい……ね……」

そう小さく呟いた、その直後。

あたしは疲労がピークに達したのか、足に力が入らなくなり、前のめりに倒れ伏してしまった。

パタリと地面に横たわると、徐々に瞼《まぶた》が閉じていく。

そうして――あたしはアネットの髪紐を握りしめながら、そのまま静かに眠りについていった。

最後に脳裏に過《よぎ》ったのは、見慣れた栗毛《くりげ》色の髪のメイドの姿。

「よく頑張りましたね」と、ポンポンと頭を撫《な》でてくれる彼女のことを思い浮かべながら
……あたしの意識はそこで途切れた。

エピローグ　二人が歩む未来へ

Epilogue

「……んん？　あれ？　何であたし自分の部屋にいるのぉ？　確か、空宙庭園に居たんじゃ……って、気絶したんだっけ、あたし……」

「お目覚めになりましたか？　お嬢様」

「アネットぉ……？」

窓から差し込む朝陽《あさひ》に目を細めながら、あたしはベッドの中で目を覚ます。

すると、ベッド脇にある椅子に、穏やかな微笑みを浮かべながらあたしを見つめているアネットの姿があった。

アネットはあたしの手を握りながら、フフッと笑い声を溢《こぼ》し、首を傾《かし》げて笑った。

「どうしたのですか？　そんなに呆《ほう》けたお顔をなさって。綺麗《きれい》なお顔が台無しですよ？」

「アネット……もしかして、ずっと側《そば》に居てくれたの？　あたしが起きるまで？」

「はい。昨晩から今朝に至るまで、ずっとお傍《そば》で待機しておりました」

「そんな……だって、貴方も疲れていたはずでしょ？　夕べはあたしの決闘の裏で、色々と画策していたんだと思うし……あたしはただ疲労で気絶していただけなのだから、その、放っておいて寝ていても良かったのよ？」

「フフフッ、お嬢様。どこの世界に主人を放っておいて一人で眠るメイドがいるというのですか」

「ほ、他の主人とメイドの関係はそうなのかもしれないけれど、でも、あたしは貴方とは対等の立場だと思っていて……その、ただの使用人だなんて思っていないわけで……」

「納得がいかないようでしたら……そうですね。これは、私からの恩返し、ということで受け入れてはくださらないでしょうか？　お嬢様」

「恩返し？」

「はい。幼少の頃、奴隷商団のアジトから御屋敷《おやしき》に戻った時。お嬢様は気を失った私をずっと看病してくださっていました。私は、あのことに今でも深く感謝しているのです。私の真の力を知っても怖がらずに、ずっと側に居て手を握ってくださっていた、お嬢様の優しさは……今でも忘れることはできませんから」

「怖がる？　何を言っているの？　あたしが貴方を怖がるわけがないでしょ？」

「フフフッ、そうですね。お嬢様は本当の私を知っても、何があっても私を忌み嫌ったりはしない……私はこの五日間の特訓で、再びそれを再確認致しました。本当に……本当に、お優しい御方《おかた》です、ロザレナ様は」

そう言ってギュッと強く手を握ると、アネットは瞳を潤ませてあたしを見つめた。

でも……アネットが、たくさんの心無い人たちに傷付けられてきたんだということは、彼女の過去にいったい何があったのかは、あたしは何も知らない。

何となく察することができる。

あたしはベッドから上体を起こすと、泣きそうな顔をしているアネットを優しく抱きしめ、その頭を優しくポンポンと撫でた。

「お嬢、様……？」

困惑したような声を溢すアネットに、あたしはフフッと笑みを溢す。

「本当は、《騎士たちの夜典》《ナイト・オブ・ナイツ》に勝利したご褒美に、あたしが貴方《あなた》にこうして頭をポンポンってしてもらいたかったのだけれど……逆になっちゃったわね」

「あ、その、申し訳ございません、お嬢様。遅ればせながら《騎士たちの夜典》《ナイト・オブ・ナイツ》のご勝利、おめでとうございます！」

「もうっ！　今それを言ったら、あたしに無理矢理言わされたみたいじゃない！　というか、何よりも言うのが遅すぎるわよ!!　普通、目覚めて開口一番にそれを言うところでしょう!?」

「も、申し訳ございません。お嬢様が勝利なされるのは、その、当然のことだと、私は思っていたものでして……」

「あたしに口答えするなんて、相変わらず生意気なメイドね。……フフッ、でも、今日はその泣きそうな顔に免じて、許してあげる」

そう言ってあたしはアネットの頬に両手を置いて、無理やりこちらに顔を向かい合わせる。

その青い瞳を真っ直ぐに見つめていると、顔を真っ赤にさせて、キスされるんじゃないかと慌てふためき始めるアネット。

その姿は、本当にずっと見つめていたいくらい愛おしくてたまらない。

このままアネットのご希望通りにキスしてしまっても良いけれど……今は、彼女に言っておかなければならないことがある。

あたしは口元に手を当てコホンと咳払《せきばら》いをすると、真剣な眼差《まなざ》しでアネットの顔を見つめた。

「良い、アネット。あたしは貴方の過去に何があったのかは知らないわ。でも……あたしを、貴方を傷付けた人たちと比べて考えないで欲しいの。あたしは、何があっても貴方からは離れない。その……たとえ、貴方があたし以外の人を好きになったとしても、あたしはアネットのことを嫌いになったりなんてしないんだから。アネットが許してくれる限り、ずっと側にいるわ」

その言葉に、驚いて目を見開くアネット。

その顔に、あたしはそっと顔を近付けていく。

彼女の心の傷が、あたしとの触れあいで癒されてくれるのなら……そう思って、不意打ちでキスしようとした――――その瞬間。

部屋の扉が豪快に開け放たれ、外から邪魔者がやってきた。

「ハッハッハー！　レティキュラータスの姫君！　気分はいかがかね!?　このマイスが……メイドの姫君に会うために（ボソッ）……見舞いにやってきてやったぞ!!　早朝の商

店街通りで購入してきた果物の詰め合わせだ!!　感謝して食べると良い!!」

「ちょ、ちょっとマイスくん!!　三階は一期生女子の階になっているんですから、勝手に入らないようにってあれほど言ったでしょう!?　……あっ、ロザレナちゃん！　目が覚めたんですね！　良かった～、本当、急に倒れちゃうから心配したんですよ～？」

「ロザレナ、目が覚めたのっ!?　ねぇねぇ聞いてよロザレナー!!　グレイレウス先輩、昨日すっごく酷《ひど》かったんだよー!!　私のお友達のフリッドくんを手刀で気絶させて、そのまま彼を抱えてどっかに行っちゃったんだから!!　極悪非道だよ、この男!!」

「フン……アホ女が。貴様を守ってやったと、何度説明しても理解しないとは……愚かさここに極まれり、だな……。────そんなことよりも!!　おはようございます、アネット師匠《せんせい》!!　ロザレナの調子は如何《いかが》ですか!?」

「……は？　な、何だねグレイ、その明るい声色と敬語は……気色が悪いぞ？」

「フン。貴様のような年中女の尻を追いかけている色情狂に気持ちが悪いなどとは、言われたくはないものだな。それと、貴様、そろそろ我が師に言い寄るのは止《や》めてもらおうか。この御方は貴様程度の人間が気安く話しかけて良い人ではない。分を弁《わきま》えろ、下郎」

「ほほう、この俺とメイドの姫君を取り合って本気で殺し合うと、そう言いたいのかね、グレイ。ふむ、良い覚悟ではないか。剣を持って表に出たまえ」

「望むところだ。我が師の道を阻む虫は、このオレが成敗してくれる」

「あ、あらあら……行っちゃいました……。グ、グレイくんもアネットちゃんのことが好きになった感じですかね……？　モ、モテモテですね～、アネットちゃんは～」

「男にモテたくは……なかったです……」

そう言って絶望した表情を浮かべるアネットの耳元で、あたしは誰にも聞こえないように小さく呟く。

「あら？　だったら女であるあたしにモテるのは構わない、と、それはそういうことと受け取っても良いのかしら？」

「なッ――――！！！」

顔を離し、頬を真っ赤にして口をパクパクとさせているアネットを見つめ、あたしはいたずらっぽく笑みを浮かべた。

今はまだ、彼女は、あたしのことを恋愛的な意味で好きなのではないのかもしれない。

だけど……いつの日か必ず、あたしにゾッコンにさせてみせるんだから。

マイスにもグレイレウスにも、そして弟のルイスにも絶対に渡しはしない。

アネットは、あたしのものなんだからっ!!

覚悟していなさいよね、性悪メイドさん♪

幕間　仇敵の血を引く娘　Interlude

「……ほう？　レティキュラータスの息女は勝ったのか。それは意外だったな」

そう言って、豪奢《ごうしゃ》な椅子に腰かけている壮年の男――この学園の総帥であるゴーヴェン・ウォルツ・バルトシュタインは、目に通していた資料をパサリと、机の上へ放り投げた。

そして、手を組むと、目の前に立っている女教師へと視線を向ける。

「新入生にこの学園で敗北することはどういうことなのかを教えるために、敢《あ》えて剣の素人であるロザレナ・ウェス・レティキュラータスを級長の座に据えたのだが……まさかフランシアの小娘が敗《ま》けることになろうとはな。いやはや、剣というものは段位だけでは測れない、不可思議なものだといえるな。君もそうは思わないかね？　リーゼロッテ特務教官殿？」

その発言に、リーゼロッテと呼ばれた女性は書類を胸に抱き、静かに口を開く。

「……途中までは総帥の想像通りに事は運んでいたのではないのですか？　ロザレナを級長に据えた結果、ルナティエは激怒し、彼女に対して決闘を申し込んだのですから。ここまではゴーヴェン様の筋書き通りだったのですよね？」

「あぁ。その通りだ。だが……私の想定では、この学校から去るべきはレティキュラータスの娘のはずであった。それなのに、フランシアの娘が『敗者』の烙印《らくいん》を押されることになろうとはな。フフフ、レティキュラータスの娘に敗北したこの結果には、流石《さすが》のフランシア伯も怒り狂ってこの学校に突撃してくるやもしれんな。自分の血筋は総じて天才などと思っているプライドの高い一族程、面倒なことはない」

「バルトシュタイン家に楯突《たてつ》くほどの力が、フランシア家にあるとは思えませんが？」

「君の言う通りだ。奴《やつ》にできるのはせいぜい、この私に対してネチネチとした嫌味を言ってくるくらいのものだろう。レティキュラータス伯のように我が家に真っ向から歯向かって、四大騎士公会議での発言権を失いたくはないだろうからな、あの阿呆《あほう》は」

そう言ってフフフと愉快気に嗤《わら》うと、ゴーヴェンは椅子の背もたれに背中を預け、目を伏せる。

「フランシアなど、私にとってはどうでも良い、些末《さまつ》な問題だ。別段、気にする必要もない」

「では、今日私をここに呼び出したのは、別件のことでしょうか？」

「話が早くて助かる。今、私にはある疑念があってな。それを君に払拭してもらいたいのだ」

「疑念、ですか……？　それはいったい……？」

「君は、オフィアーヌ家のことはどこまで知っているかね？」

「オフィアーヌ家、ですか？　彼らは四大騎士公の一角で、代々王家の宝物庫を守衛する騎士伯爵家であり、その血族の者は皆、魔術の才に恵まれた一族であることくらいしか存じ上げておりませんが……」

「今のオフィアーヌ家が、分家筋の者で構築されていることは勿論《もちろん》知っているな？」

「それは……はい。ゴーヴェン様が直々に指揮を執られた『フィアレンス事変』は、この国ではあまりにも有名な話ですから。私も、先の戦事では一個団隊の指揮を執らせてもらっていましたので、大方の事情は把握しています」

「では、大体の内容は省くが……君も知っての通り、十五年前、私は王家からの直属の指令で聖騎士団を率い、先代オフィアーヌの本家一族を皆殺しにした。彼らは表向き国家反逆罪として処罰されたが、その真実は違う。先代オフィアーヌ当主は、王家の宝物庫で、けっして見てはいけないものを見てしまったのだ。だから、王家から抹消された」

「み、見てはいけないもの、ですか……？　そ、それは、いったい……？」

「悪いが、これを聞けば君もその抹消対象となり得る。私も優秀な部下を失いたくはないのでね。深く聞かないでくれると有難い」

「は、はい、分かりました……」

その言葉にゴクリと唾を飲み込むと、リーゼロッテは一呼吸挟み、顎に手を当て考え込む仕草をする。

そして何かに思い当たったのか、ハッとした表情を浮かべ、口を開いた。

「疑念……その話から察するに、もしや……先代オフィアーヌ家の生き残りがいる、と？　そう仰《おっしゃ》りたいのですか？　総帥殿は？」

「フフフ……私の言いたいことを先んじて口に出してくれるとは、君は賢くて助かるよ。流石は聖騎士団元副団長殿だ」

「い、いえ、勿体《もったい》ない御言葉《おことば》です」

ゴーヴェンは席を立つと、窓際に立ち、学区内を照らし始めた朝焼けの空を見つめる。

そして、神妙な顔をしてポツリと、言葉を呟《つぶや》いた。

「……あくまでも可能性の話だ。まだ確証は持てないが……あの、私を最も苦しめた賢《さか》しい男によく似た瞳の生徒を、私は先日の入学式で目にしたのでな。それが少し、気にかかっている」

「その生徒、とは？　いったい誰のことなのでしょうか？」

そう、彼女がゴーヴェンに問いを投げた、その直後。

学園長室の扉が勢いよく開かれ、室内に背の低い獣人族《ビスレル》の少女が入ってきた。

彼女は慌てた様子でゴーヴェンの前に立つと、ビシッと、額に手を当て敬礼をする。

「お、遅れて申し訳ございませんでした、学園長総帥殿!!　ルグニャータ・ガルフル、ここに馳《は》せ参《さん》じましたでございますですニャ!!」

そう叫ぶルグニャータに、リーゼロッテは呆《あき》れたような表情で背後を振り向き、彼女に対して声を掛けた。

「ルグニャータ先生……部屋の中に入る時はノックをするようにと、あれほど言ったはずだが……」

「ひぅっ!?　あ、あれ、リズ……じゃなかった、リーゼロッテ特務教官殿が何故《なぜ》ここに!?

はっ！　も、もしかしてこれ、わ、私、教師辞めさせられるとか、そういうことですかこの呼び出しはぁっ!?　ひぃぃぃぃぃぃ!!　靴でも何でも舐《な》めますから辞めさせないでくださいぃぃぃぃぃぃ!!　お酒も辞めますからニャァァァァッ!!」

「落ち着きたまえ。そういうことではない、ルグニャータくん。私はただ、君にある生徒のことについて尋ねてみたかっただけなのだ」

「総帥殿？　ある生徒、ですか？　それはいったい……？」

「君のクラスにいる、ロザレナ・ウェス・レティキュラータスの使用人としてこの学園に入学した……アネット・イークウェスのことだ。私は彼女のことをもっと良く知りたいと思っていてな。いったいどんな生徒なのか、教えてくれるかね？」

「アネットさん、ですか？　どんな生徒と言われても……至って普通の生徒だと思いますよ？　剣の稽古も特に目立った成績は残していませんし、魔法の才能もこれといって無いみたいですし、交友関係も、主人のロザレナさんと、同じ寮生の子たちとしかお話ししないみたいですし……パッと思いつくような問題点は何もないかと」

「ふむ。そうか。ありがとう、ルグニャータくん。引き続き、一期生黒狼《フェンリル》クラスの担任として、教職に励むように」

「？　あの、アネットさんが何か……？」

「ルグニャータ先生、総帥殿は学園の統括と聖騎士団団長としての任務で非常に多忙な御《お》方《かた》。だから即座に学園長室から退出するように。良いですね？」

「ふぎゃぁあっっ!?　は、はい、特務教官殿!!　し、失礼致しますニャ!!」

リーゼロッテに睨《にら》まれたルグニャータは、そう言って勢いよく学園長室から出て行くのであった。

そんな彼女の去った後の扉を見つめ、リーゼロッテは呆れたような、だけど少し優し気な表情で微笑《ほほえ》みを浮かべた。

「まったく……あの子は学生の時から変わらないな……」

「リーゼロッテくん、学期末に行われる一期生の学級対抗戦は……君が受け持つ毒蛇王《バシリスク》クラスと、ルグニャータくんの黒狼《フェンリル》クラスを戦わせたいと、私は考えている」

「……よろしいのですか？　精鋭が集まる毒蛇王《バシリスク》クラス相手に、落ちこぼれの生徒の寄せ集めである黒狼《フェンリル》クラスでは、到底、勝ち目は無いと思われますが？」

「構わん。私は、あの少女の真価を測りたいのだ。もし、私の予想通りに正当なるオフィアーヌの末裔《まつえい》であり、加えてあの男の賢《さか》しさを受け継いでいることが分かれば……バルトシュタイン家を揺るがす大きな敵になるやもしれない。その時は……この私の手で屠《ほふ》らねばならないからな」

「了解致しました。では私は、学級対抗戦の間、アネット・イークウェスの監視をすればよろしいのですね？」

「あぁ、頼む。……フッ、オフィアーヌ、か。あの男……先代当主の奴のように、彼女も私を楽しませてくれる逸材であれば、嬉《うれ》しいことこの上ないのだがな……」

そう言って聖騎士養成学校『ルドヴィクス・ガーデン』学園長総帥は、フフフフと、窓を見つめながら不気味な笑い声を上げるのだった。

◇　◇　◇　◇　◇

「ふぅ――――っ、癒されるぜ～～……」

早朝午前五時。

満月亭の地下にある大浴場にて、俺は湯舟に浸《つ》かり、頭に濡《ぬ》れタオルを乗せながらふぅと大きく息を吐く。

この学校に入学してからというもの、本当に目まぐるしく時が過ぎて行った。

入学して最初の五日間はロザレナの修行を付きっきりで行い、その途中にはグレイレウスに実力バレするという騒動も起こり、あとは、裏で蠢《うごめ》くディクソンへの対処に奔走しなければならなくなったり……と、今思い返してみてもこの一週間、本当に心休まる暇がなかった。

色々と気苦労が絶えない入学スタートとなったが、ロザレナが大きく成長したこともあって、結果的には良かったと言えるかな。

あと、そういえばロザレナは《騎士たちの夜典《ナイト・オブ・ナイツ》》に勝った勝品として、ルナティエから二人分の入学金を貰《もら》えるんだったか？

きっと心優しいお嬢様のことだから、別邸を売り払ってまで入学金を肩代わりしてくれた先代当主夫妻にお金を返すつもりなのだろうな。

本当、我が主人はできた御方だぜ。

「……本当、良い女だよな、お嬢様は。もし、男だった生前の若かりし頃に彼女と出逢《であ》っていたら……俺は間違いなく一目で惚《ほ》れ込んでいたんだろうな」

いや、もう、正直に言うか。

生前でなくても、俺は今彼女に——ロザレナに惹《ひ》かれてきている。

これは間違いようのない事実だ。

だが、今の俺は、心はオッサン、ガワは美少女の得体の知れない奇妙な生命体だ。

まぁ、こうなって生まれてしまったものは最早《もはや》仕方ないとして、流石に十五年も経《た》つとこの現実を普通に受け入れつつあるんだが……元がオッサンとしては、やっぱり、若い娘さんには絶対に手は出してはいけないと、それだけは心の中で線引きをしている。

そこの線引きはちゃんとしないと、俺は漢《おとこ》としての道を間違ってしまうと思うからな。

……とは言っても、もう既に、幼少時にキスされているのだが。

しかも、ぐいぐいとアプローチしてくる彼女の姿に、俺も満更でもないとか思ってしまっている時点で、色々とやらかしちまっている感はあるとは思うのだが。
ゴ、ゴホン。と、とにかく。
今の俺は女で、メイドで、お嬢様の傍仕《そばづか》えだ。

マグレットや旦那様や奥様たちにロザレナを任された以上、彼女をレティキュラータスの名に相応《ふさわ》しい立派な淑女に導かなければならないだろう。

そう、たとえ同性で結ばれたとしても跡取りの子供は生まれないのだから、貴族の息女として、彼女にはもっとちゃんとした殿方と結ばれるべきで――――。

「……何か、ロザレナが他の奴と結ばれるところを想像したらモヤモヤしてきたぞ……何だ、これ……」

突如、今まで感じたことのない感情が胸中に渦巻いてくる。

生前も含めて今まで生きてきた人生の中で、こんな感情を、俺は抱いたことがない。

何なんだ、これは……？

も、もしかして俺は、自分の想像以上に、彼女のことをそれほどまでに……？

そう、首を傾《かし》げて自分自身の胸中に困惑していた、その時だった。

大浴場の扉が勢いよく開かれ――――そこから片目を髪で覆い隠した、長い黒髪の艶やかな美少女が姿を現した。

「あれ？　もしかしてそこにいるのはアネットちゃんですか～？」

「!?　オ、オオオ、オリヴィア先輩ッッ!?」

俺は咄嗟《とっさ》に、彼女のその肉感的な肢体から視線を逸《そ》らし、さっきまで背中を付けていた壁へと顔を向け、思いっきり身体《からだ》を半回転させる。

すると、こちらのその様子を不思議に思ったのか。

ペタペタとタイルを踏みながら、彼女は俺が入っている浴槽の前へと近付いてきた。

「？　急に背中を見せて、どうしたんですか？　アネットちゃん～？」

「い、いいいいえ、あの、その、お、お気になさらずに!!」

「……そう、ですか？　ごめんなさい。一人でゆっくりしていたところをお邪魔してしまいましたね」

そう、何処《どこ》か悲しそうな気配を漂わせ、申し訳なさそうな声で俺に謝ってくるオリヴィア。

今、身体を背けていることが、彼女にとっては拒絶していると、そう取られてしまったのだろうか。

何だかすごく、気が引けてくるな。

とは言っても、俺は中身が男だから、女性である彼女の身体をジロジロと見るわけには

いかないし……。

アネット・イークウェスに転生してから、自分の身体で女体は見慣れたからとは言っても、これとそれは別の話だからな。

今の自分の肉体的な性別が女性だとしても、やはり、元男が女性の身体を勝手に見るのはいけないことだと思える。

だから……彼女がシャワーを浴びたら、即座に浴槽から逃走するとしよう。

俺はそう決心して、湯舟へと顔を埋《うず》め、ぶくぶくと泡を立てた。

すると、そんな俺の後ろ姿が可笑《おか》しかったのか。

オリヴィアはクスリと笑うと、ペタペタと足音を立てて、去って行った。

恐らく彼女は、浴槽とは反対側にあるシャワーエリアへと歩いて行ったのだろう。

直後、やはり推測は当たりだったようで、「シャーッ」というシャワーの音が耳に入ってきた。

彼女は今、確実にシャワーエリアにいる。

なら後は、このまま脱兎《だっと》の如《ごと》く浴槽から逃げ出せば良いだけ。

ふぅ、何とか無事にこの場を乗り越えることができそうで、一安心だぜ。

そう、心の中で安堵《あんど》の息を吐き、湯舟から立ち上がろうとした――――その時だった。

「えいっ!!」

「え？」

突如ジャバーンと音を立てて、背後で水しぶきが上がった。

何事かと振り返ると、そこには……てへへと照れ笑いを浮かべて湯舟に浸かる、オリヴィアの姿があった。

「オ、オオオ、オリヴィア先輩!? い、いったい何をなさってるんですかっ!?」

再び彼女に背中を向けて、そう叫ぶ。

すると彼女は「えへへ」といたずらっぽく笑い、俺の背中に声を掛けてきた。

「アネットちゃん、すぐに上がっちゃうのかなと思って。急いで身体だけ軽く流してきたんです。湯舟に飛び込んだのは……監督生としてはしたなかったですよね。驚かせてごめんなさい」

「い、いえ、謝られる必要はございませんが……わ、私に何か御用事でもあったのですか?」

「はい、そうなんです。私、どうしてもアネットちゃんに聞いてもらいたい相談事があって……。その、寮の中だと、いつもアネットちゃんの周りには他の子たちがいるでしょ～? 貴方《あなた》、人気者ですから～」

「そんなことは……」

「ううん。貴方はこの寮に来てまだ七日だというのに、寮のみんなにとっても好かれてる。誰もが認める、引く手あまたの大人気っぷりですよ、アネットちゃんは。勿論《もちろん》、貴方のことが好きなのは私も含めて、なんですけどね」

そう言って彼女はふふふと可愛《かわい》らしく笑い声を溢《こぼ》した。

俺もそんなオリヴィアに対して、クスリと、笑みを返す。

「オリヴィア先輩は本当にお優しい方ですね。それで……私に相談事というのは、いったい何でしょうか？」

そう聞くと、彼女は先程までのほわほわとした空気感を消し、神妙な気配を漂わせて口を開いた。

「あの……私、今、お見合いのお話を、実家の方から受けているんですよ……」

「お見合いですか。まだ学生の時分で、少し、気の早いような気がしますが？」

「そう、ですよね。でも……貴族の家ですと、そうも言っていられないことが多いんです。特に女性は、その、家同士の外交の道具としても、使われることがありますし……」

なるほど、な。

確かに、家の格を求める傾向が強い上流貴族たちは、同じ格かそれ以上の家との繋《つな》がりを持つために、娘を他家に嫁がせることに躍起になるらしいからな。

レティキュラータス伯爵のように、娘の意志を尊重して自由奔放に育てる父親というのは、稀有《けう》な例と言えるか。

だけど……彼女のその発言には少し、引っかかる点がある。

踏み込んで良いのかどうか分からないが……いや、ここは敢《あ》えて聞いてみることにしよう。

オリヴィアの相談事の核心は、そこにあると見た。

「あの、オリヴィア先輩、失礼を承知で質問させてもらいますが……オリヴィア先輩の苗《みよう》字《じ》である、アイスクラウンという名前の貴族は、王国に存在しているのでしょうか？　私は今まで、そのような名前の貴族を聞いたことがないのですが……」

「あっ……」

そう言うと彼女は戸惑ったような声を発した。

だが、元々それを話すつもりだったのか。

オリヴィアはゴクリと唾を飲み込むと、意を決した様子を漂わせる。

「あの……寮のみんなにはずっと内緒にしていたんですけど……私、本名はオリヴィア・アイスクラウン、ではないんです。アイスクラウンは、帝国貴族である母の苗字なんです」

「え？　そ、それはどういう……？」

「……私の王国での本名はオリヴィア・エル・バルトシュタイン……つまり、この学園の総帥の……娘、なんです」

その衝撃の言葉に、俺は、口を開けて唖《あ》然《ぜん》とせざるを得なかった。

あとがき

もうすぐ夏ですね！　皆様お久しぶりです、三日月猫です。

剣聖メイド2巻、楽しんでいただけましたでしょうか？

今巻では様々なキャラが出てきました。私は、WEB版の頃から彼らが絵になるのをずっと楽しみにしていまして……いや、もう、ぶっちゃけて良いですか？

すぅー、はぁ……（深呼吸）。

……azuタロウ先生のイラストが素晴らしすぎる――――っ!!　（クソデカ大声）

全員、脳内で想像していたよりもずっとずっと遥《はる》かにイケメン・美少女になっていて、1巻に引き続き、今回もとても感動致しました！

というか、もう、何か先生すごすぎじゃないですか!?　表紙も口絵も挿絵も!!　自分のような新人作家にこんなに素晴らしいイラストを描いていただいたこと、生涯忘れません！　ずっと応援しています！　（ただのファンです笑）

ここからは、お世話になった方々にお礼の言葉を申し上げたいと思います。

オーバーラップ編集部様、担当様、校正様。2巻出版にご尽力してくださり、誠にありがとうございました。本当に感謝してもしきれません。

azuタロウ先生、美麗なイラストをありがとうございました。

続きまして、ゲーマーズ仙台店様、喜久屋書店仙台店様、地元のTSUTAYA様。

1巻発売時に素敵な特設を作っていただいて、ものすごく嬉《うれ》しかったです。

学生時代から通っていた本屋さんに自分の本を置かせてもらったこと、一生の思い出になりました！

まだまだ語りたいこと、お礼を申し上げたいことはたくさんあるのですが、今回はこの辺りで締めに入らせていただこうかと思います。

2巻、悔いの残らないように、全力で書き上げました。

昨今は紙の本があまり売れない状況と聞きます。

なので、今後、この作品がどうなるのかは定かではありません。

続巻できるかは分かりませんが……諦めずに、邁進《まいしん》していこうと思います！

もっと面白い小説を皆様にお届けできるように、頑張りますね！

3巻では、アネットの出生の秘密が明かされる……かも？　です!!

楽しみにしていただければ嬉しいです！

ではまた、3巻か次回作か、何処《どこ》かでお会いできることを心から祈って。

皆様、剣聖メイド2巻をご購入してくださり、ありがとうございました！

P．S．マイスくんはアネットさんにしか興味がありませんので、他のヒロインに手を出したりするようなことはありません。ご安心ください（笑）。

OVERLAP

最強の剣聖、美少女メイドに転生し箒で無双する 2

発　　行　2024年6月25日　初版第一刷発行

著　　者　三日月猫
発 行 者　永田勝治
発 行 所　株式会社オーバーラップ
〒141-0031　東京都品川区西五反田 8-1-5
校正・DTP　株式会社鷗来堂
印刷・製本　大日本印刷株式会社

Printed in Japan ISBN 978-4-8240-0848-0 C0193

作品のご感想、ファンレターをお待ちしています
あて先：〒141-0031　東京都品川区西五反田 8-1-5 五反田光和ビル4階　ライトノベル編集部
「三日月猫」先生係／「azuタロウ」先生係

PC、スマホからWEBアンケートに答えてゲット!
★この書籍で使用しているイラストの『無料壁紙』
★さらに図書カード（1000円分）を毎月10名に抽選でプレゼント!

▶https://over-lap.co.jp/824008480
二次元バーコードまたはURLより本書へのアンケートにご協力ください。
オーバーラップ文庫公式HPのトップページからもアクセスいただけます。
※スマートフォンとPCからのアクセスにのみ対応しております。
※サイトへのアクセスや登録時に発生する通信費等はご負担ください。
※中学生以下の方は保護者の方の了承を得てから回答してください。

オーバーラップ文庫公式HP▶https://over-lap.co.jp/lnv/